KB140825

나를 살리는 말들

나를 살리는 말들

이서원 지음

예담아카이브

차례

1부

我

[나 아]

나, 우리, 외고집

"누가 널 잡디?"

마음먹은 대로 살면 된다

어떤 말 한마디는 사람의 평생을 좌우한다. 흰 눈이 내리던 날 들어간 암자 생활이 꽃 피는 봄을 맞았다. 따스한 어느 날 스님이 휘적휘적 법당을 나오시더니 며칠 어디 좀 다녀오자 하셨다. 운전대를 잡고 암자를 출발했다.

"어디로 갈까요, 스님."

"그냥 앞으로 계속 가봐."

마냥 앞으로 가는데 스님이 차를 세우라 했다. 배가 고프다며 아무 식당에나 들어가 밥을 먹었다. 그렇게 며칠을 목적도 없이, 하는 일도 없이 다녔다. 사흘쯤 그런 여행을 다니자 뭔가 가슴이 뻥 뚫리는 자유로움이 밀려왔다. 이제야 아무것에도 걸리지 않는 스님이 보였다. 나도 모르게 스님에게 말했다.

"스님은 좋으시겠어요."

"왜?"

"이렇게 배고프면 아무 네나 들어가 먹고, 졸리면 아무 데나 들어가 자고, 이리 가고 싶으면 이리 가고, 저리 가고 싶으면 저리 가고 하니까요."

스님은 물끄러미 나를 바라보더니 물었다.

"누가 널 잡디?"

두세 달 박사 논문을 쓰고 나오려던 암자 생활이 5년으로 이어진 건 스님이 그날 던진 한마디 말 때문이었다. 사실 그때 아무도 나를 잡는 사람이 없었다. 논문을 마치고 빨리 암자를 내려와 교수가 되라고 잡는 사람도 없었고, 얼른 결혼해 아이 낳고 살라며 잡는 사람도 없었다. 오직 내가 나를 잡고, 나를 재촉하고, 온갖 스트레스를 받으며 하루하루를 보내고 있었다.

암자에 살아야 한다고 잡는 사람도 없었다. 그건 다 내 마음이 만들어내고, 그 마음 때문에 괴로워하고 즐거워하는 것이었다. 누가 날 잡지 않는다는 것을 안 후로 내 삶은 자유로워졌다. 5년의 암자 생활이 5개월처럼 짧게 느껴진 건 어디에도 걸리지 않는 일상을 보냈기 때문이다.

걸림에 대해 언젠가 들었던 이야기가 있다. 옛날, 인생의 진리를 찾던 젊은이가 스승을 찾아가 진리를 물었다. 스승은 대답 대신 자기와 함께 머물면서 장작 패고 물 긷는 생활을 하라고 했다. 몇 년이 지나도 진리를 가르쳐주지 않는 스승에게 화가 난 젊은이가 떠나겠다는 인사를 하려는 순간, 스승이 오늘 인생의 진리를 알려주겠다고 했다. 그러더니 젊은이를 데리고 산속으로 들어가더니 달리기 시작했다. 어찌나 빠른지 숨을 헉헉거리며 쫓아가니 스승이 큰 나무에 붙어 살려달라고 외치고 있었다.

놀란 젊은이가 살며시 다가가 나무에 손을 대보았더니 평범한 나무였다. 젊은이는 조심스럽게 "스승님, 나무에서 손을 떼보세요"라고 했다. 그러자 스승이 "그래?" 하더니 몸을 나무에서 뗐다. 그리고 말했다. "이게 인생의 진리다."

그 순간 젊은이는 깨달았다. 그래 누구도 나무에 붙으라고 하지 않는구나. 나무에 붙는 건 나일 뿐이다.

살다 보면 그 스승이 붙었던 나무가 우리에게 많다. 대부분 부모와 세상이 정해놓은 삶의 틀들이다. 성공이라는 나무를 세워놓고, 결혼이라는 나무를 세워놓고, 돈이라는 나무를 세워놓고, 쾌락이라는 나무를 세워놓았지만, 누구도 거기 붙어 있으라고 잡지 않았다. 내가 그 나무에 붙어 살려달라고 아우성치거나, 좋아서 떨어지지 않으려 몸부림친다.

바람처럼 자유롭던 암자 생활을 마치고 내려와 교수가 된 후 10여 년이 흐른 어느 날, 나는 학교의 구속이 괴로워졌다. 왜 이렇게 괴로운가 생각하니 학교에 다니며 이런저런 신경을 쓰기 때문이었다. 왜 학교에 계속 있어야 하는가에 생각이 미치자 번개처럼 스님의 말씀이 떠올랐다. 누가 널 잡디? 머릿속이 맑아졌고 사직서를 썼다. 아무도 날 잡는 사람이 없다. 내가 나를 잡고 이리 괴로워하고 저리 괴로워한 것이다. 내가 나를 붙잡던 학교를 나서는 발걸음이 가벼웠다.

스님의 말씀을 듣기 전에는 세상을 거꾸로 생각하고 살았다. 박사 학위가 날 잡는다고 생각했고, 취업이 날 잡는다고 생각했으며, 가족이 날 잡는다고 생각했다. 그러나 실은 내가 박사 학위를, 취업을, 가족을 붙잡고 있었다. 내가 세상의 주인이었다. 그걸 모르고 세상의 종이 되어 쩔쩔매며 살고 있었다.

무엇이든 할 수 있고 아무것도 하지 않을 자유는 나 자신에게 있다. 그것을 깨닫는 순간 나는 자유인이다.

앞으로 남은 삶도 그때 스님의 말 한마디로 살게 될 것이다. 괴로울 때도 즐거울 때도 떠오를 인생의 좌표니까. '누가 널 잡디?' 아무도 날 잡지 않는다. 나만 나를 잡는다.

"무얼 빼실래요?"

버거운 짐은 병이 된다

　세 번째 결혼한 산님은 공사현장에서 반장을 하며 어렵게 살아가고 있었다. 세 번의 결혼 중 앞선 두 번의 결혼에서 얻은 자식이 둘이었는데, 한 명은 사고를 치며 경찰서를 수시로 들락거렸고, 한 명은 정신질환을 앓고 있었다. 전처는 몰라도 아이들을 외면할 수 없던 산님은 세 번째 아내 몰래 아들 둘의 사고 뒤치다꺼리와 병원비를 대고 있었다. 그런데 어느 날 아내에게 들켜 큰 싸움이 났다.

　결국 살림을 부수다 아내가 가정폭력으로 신고했고 집단상담에 참여하게 되었다. 산에서 공사하는 날이 많아 별칭을 산이라 지었다. 산님의 어머니는 치매를 앓고 있었다. 산님은 장남인 자기가 어머니를 모시겠다고 하고 어머니와 함께 살았다. 세 번째 부인도 산님과 결혼 전 낳아 기른 두 명의 자식이 있었다. 돈을 버는 족족 치매 어머니와 전처와 낳은 정신질환 아들의 치료비, 지금 함께 사는 두 아이의 교육비로 다 들어가고 남는 것이 없었다. 더구나 세 번째 부인은 의심이 많아 한 푼도 사기 돈을 산님에게 주지 않았다.

사정을 듣고 산님에게 물었다.

"그 많은 가족을 혼자 다 감당하실 수 있어요?"

그러자 산님이 헛웃음을 치며 말했다.

"아이고, 힘들지요. 그럼 어쩝니까?"

상담실 벽 책꽂이의 두꺼운 법전들이 눈에 들어왔다. 나는 산님을 앞으로 나오라고 했다. 쭈뼛거리며 나온 산님에게 '앞으로 나란히'를 한번 해줄 수 있냐고 했다. 의아해하며 앞으로 나란히를 한 산님의 양팔 위로 법전 한 권을 얹으며 말했다.

"이건 치매에 걸린 어머니예요."

산님이 고개를 끄덕였다. 두 번째 한 권을 더 얹으며 말했다.

"이건 지금 같이 사는 애들 둘이에요."

세 번째 법전을 얹으며 이건 정신병 앓는 아들, 네 번째는 사고치는 아들, 다섯 번째는 의심하는 아내. 산님의 양팔이 밑으로 내려가기 시작했다.

"무거우시죠?"

"예!"

"뭘 빼실래요?"

"뺄 게 없습니다."

"그럼 계속 들고 계실래요?"

"무겁습니다!"

"뭘 빼실래요?"

"뺄 게 없습니다!"

"그럼 계속 들고 계세요."

산님의 팔이 부르르 경련을 일으키더니 법전들이 바닥으로 한꺼번에 와르르 쏟아졌다. 산님도 무너졌다. 콧물이 범벅되어 울기 시작했다. "뺄 게 없다고요." 그는 통곡했다. 지켜보던 사람들의 한숨 소리가 방 안에 가득했다.

그날 이후 산님은 말이 없어졌다. 다른 사람들이 하는 말을 듣지 못했다. 귀로는 들어도 마음으로는 자기 문제로 깊이 들어가 있는 듯했다. 한 주에 한 번씩 열리는 상담, 삼 주 정도 지나자 산님이 할 말이 있다고 했다. 모두 하던 말을 멈추고 산님의 입을 바라보았다.

"뺐습니다. 하나를."

모두 와아 하고 박수를 보냈다. "인자 팔이 좀 덜 아프겠네요." 누군가의 말에 모두 웃었다. 산님은 사고치는 아들을 뺐다고 했다. 그리고 하나를 더 빼려고 한다고 했다. 그건 빼고 나서 말해주겠다고 했다. 그러면서 두꺼운 책이 나를 살렸다고 했다.

나는 산님에게 빼고 남은 돈으로 뭘 했냐고 물었다. 산님은 처음으로 껄껄 웃으며 빵 안 사 먹고 라면 안 끓여 먹고 국밥 사 먹는다고 했다. 한 분이 가세했다. "한 권 더 빼믄 돼지국밥에서 소고기국밥으로 변하겠구만." 그날부터 사람들은 산님을 소국밥으로 바꾸어 불렀다.

산님을 보며 가족을 떠안느라 자기 삶이 없는 사람들이 있다는 걸 발견했다. 자기 삶이 없는 사람은 자신도 없다. 그들에게는 의무와 책임만 있을 뿐 자유와 즐거움이 없다. 그리고 그것이 당연한 도리라 생각하며 산다.

'그럼 어쩝니까?' 이 한 문장이 지닌 책임의 무게는 바윗돌보다 무거웠다. 그러나 그것이 자신의 삶을 하루가 다르게 갉아먹고, 자기 건강을 해치고 있음을 실감하지 못하고 있었다. 두꺼운 법전에 팔이 내리눌리고 나서야 자신의 처지가 어떤지 처음으로 깨닫게 되었다. 조금 더 늦게 깨달았다면 돌이키기에 너무 악화된 건강이 기다리고 있었을지도 모른다.

산님이 다음으로 무엇을 뺄지는 끝내 듣지 못했다. 아마 두 번째 대상을 두고 아주 많은 고민과 결단 사이를 시계추처럼 오갔을 것이다. 그래도 괜찮았다. 산님은 뺄 생각을 했으며, 한 권을 뺐고, 두 번째도 도전하고 있었으니까.

사람은 자기가 감당할 만한 짐을 져야 몸을 상하지 않는다. 감당할 수 없이 버거운 짐을 지면 병이 생긴다. 마음의 짐도 마찬가지다. 감당할 수 없는 버거운 짐은 마음의 깊은 병이 된다. 등이 휠 것 같은 가족의 짐을 누가 지라고 한 적이 없건만 스스로 졌던 산님은 이제 스스로 짐을 내리기 시작했다. 내가 먼저 건강해지는 것이 모두를 건강하게 하는 첫 번째 조건이라는 걸 산님은 깨달았다.

지금도 어쩌다 법전을 볼 때면 산님이 떠오른다. 지금도 많은 이들이 '그럼 어쩝니까?'를 되뇌며 버거운 짐을 지고 터덜터덜 먼 인생길을 가고 있을 것이다. 나는 묻는다. '그럼 계속 들고 있으실래요?'

"혼자 있지 못해서 외롭다"

외로움은 내 안에 내가 없어서 생기는 감정이다

중학교 시절 내가 좋아했던 미술 선생님은 늘 혼자였다. 수업을 마치면 학교 옥탑방에 올라가 내려오지 않았다. 푸석한 머리로 전날 입은 옷을 입고 수업에 들어오기 일쑤였다. 별 소문이 다 돌았다. 거기서 귀신과 산다는 소문까지 들렸다. 하지만 수업 시간에 선생님이 하는 이야기는 독특하고 신선했다.

그 가운데 기억나는 하나가 있다. 시내버스 번호가 잘 보이지 않으니 번호표를 크게 써서 버스 앞 유리창 옆에 달고 접었다 폈다 하면 될 것이라 했다. 선생님 이야기는 40년쯤 지나자 예언처럼 적중했다. 버스마다 번호가 크게 적힌 번호판을 앞문에 달고 다닌다. 요즘도 시내버스를 탈 때마다 그 선생님이 떠오른다. 괴짜라 소문은 났지만 아이들과 농담도 잘 하고 유쾌했다. 그러면서도 뭔가 선생님만의 색이 있었다.

판에 박힌 선생님들만 접했던 아이들은 미술 선생님을 좋아했다. 미술시간인데도 왜 공부를 해야 하는지, 왜 사람이 사람인지 같은 지금 생각하면 철학적인 질문을 유독 많이 했다. 졸업 후 친구들에게 들으니 동경대로 유학을 떠나 화가로 왕성한 활동을 하고 있다고 했다.

살다가 외로움이란 감정이 올라올 때면 그 선생님이 생각나곤 했다. 수업을 마치고 콧노래를 흥얼거리며 옥탑으로 올라가던 뒷모습이 떠올랐다. 혹 선생님은 선생님만의 세상 안에서 외로움을 즐기고 있었던 게 아니었을까. 선생님의 외로움을 보면서 외로움도 격이 있다는 생각이 들었다. 사람은 혼자 있어서 외로운 것이 아니라 혼자 있지 못해서 외롭다는 말을 읽은 적이 있다. 공감 가는 말이었다. 혼자 있을 수 있는 외로움은 혼자 있을 수 없는 외로움보다 더 나은 외로움이다.

선생님의 외로움은 혼자 있을 수 있는 외로움이었다. 그러기에 다른 사람과도 있을 수 있었다. 선생님은 평소에 다른 선생님들과 웃으며 지냈고 아이들과도 기분 좋게 어울려 지냈다. 혼자 있을 수 있는 외로움은 나와 내가 사이좋게 지낼 때 가능한 외로움이다. 옥탑방에서 몇 달간 그린 그림은 국선에 입선되었다. 그런 대작을 그리는 내내 선생님은 외로움을 참고 견뎠을 것이다. 하지만 참고 견디는 일이 선생님에게는 괴로움이 아니라 즐거움이었으리라.

이런저런 세상 평가와 멀찍이 떨어져 나의 작품 세계를 만들어가는 과정은 즐거움 중에서도 황홀한 즐거움이었을 것이다. 외로우면서도 내가 나에게 만족하고, 내 삶에 즐거울 수 있다면 충만한 외로움, 즉 더 나은 외로움을 경험하고 있는 것이다.

상담을 하다 외로워서 죽고 싶다고 말하는 사람을 만날 때가 있다. 혼자 있기 힘들어 하는 경우가 대부분이었다. 남편이 너무 집을 등한시해 외롭다, 애써 키운 자식이 전화 한 통 하지 않아 외롭다며 가까운 누군가에게 깊이 의존했다. 그런 사람은 자기 자신을 그다지 좋아하지 않았다. 혼자 고물고물 놀 수 있는 방법도 딱히 없었다. 남편이 집에 와야 채워지는 외로움이었고, 자식이 전화를 해야 메워지는 외로움이었다. 내가 주인이 아니라 내 바깥에 있는 남편과 자식이 내 안의 주인 노릇을 하고 있었다. 내가 만드는 나의 세계가 따로 없었다. 외로우면서도 내가 나에게 만족하지 못하고, 내 삶이 즐거울 수 없다면 텅 빈 외로움, 즉 더 못한 외로움을 경험하고 있는 것이다.

외로움은 내 바깥에 누가 없어서 생기는 감정이 아니라, 내 안에 내가 없어서 생기는 감정이다. 그래서 외로움은 충만한 내가 생기기 전까지 모든 사람이 안고 살아야 할 숙명적인 감정이다. 기왕이면 다홍치마다. 어차피 외로움이 숙명이라면 더 나은 외로움을 느끼는 편이 낫다. 그것은 내가 내 속의 나를 만나는 일부터 시작되어야 한다.

나는 나와 사이가 좋은가. 그렇다면 나는 지금 더 나은 외로움을 겪고 있는 것이다. 그러니 괜찮다. 앞으로 더 나은 외로움이 될 일밖에 없으니까.

"내가 기생이냐"

내가 나로서 산다는 것

산속 암자에서 스님과 살면서 한 해 한두 번 읍내 노래방에 갔다. 노래방에 처음 간 날 마이크를 잡고 노래를 시작하는 스님에게 충격을 받았다. 음정 박자 개판, 점수는 30점이었다. 일부러 저러시나 싶었다. 연달아 세 곡을 했는데 최고점이 35점이었다. 그 점수에 무엇이 그리 신나는지 껄껄 웃으며 "오늘은 노래가 잘된다!"고 자화자찬까지 했다.

나에게 마이크가 돌아오자 노래방 노래는 이런 것이라는 걸 보여주려고 열심히 불렀다. 90점이 나왔다. 스님은 그런 나에게 "아따, 좀 신나게 불러봐!" 하고 타박했다. 기가 막혔다. 감히 30점대가 90점에게 노래를 잘 불러보라니 어이가 없었다.

그렇게 한 시간 동안 스님이 대부분 노래를 부르고 어이 상실한 내가 몇 곡을 부르고 노래방을 나왔다. 스님은 기분이 아주 업되어 있었다.

"하하하, 너무 재밌다, 안 그래?" 그러더니 당황한 내 얼굴을 보며 말했다. "왜? 기분이 별로야?" 솔직히 별로였다.

다음 날 스님과 차를 마시면서 물었다.

"스님, 스님은 스님이 노래를 잘하시는 것 같으세요?"

그러자 스님은 큰 소리로 웃었다.

"아, 어젯밤 노래방 이야기야?" 그러면서 말했다. "그럼. 내가 노래를 얼마나 신나게 잘했냐!"

스님 이야기에 한 번 더 기가 막힌 나는 조심스럽게 부탁했다.

"스님, 다음에 또 노래방에 가면 노래방 기계에서 나오는 음을 듣고 좀 맞추어서 불러보세요."

스님은 그 말에 마시던 차를 내려놓으며 나지막하게 물었다.

"내가 기생이냐?"

알 듯 모를 듯 묘한 미소를 짓고 스님은 법당으로 올라갔다. 뒷머리를 세게 한 대 맞은 느낌이었다. 내가 기생이냐? 그 말이 하루 종일 머릿속을 맴돌았다. 사실 즐거운 것으로 치자면 평균 90점대를 기록한 내가 스님보다 세 배는 즐거워야 했다. 그런데 실제는 스님이 나보다 서른 배는 즐거워했다.

그 이유는 스님은 노래방 기계라는 기생 앞에서 손님 노릇을 제대로 한 것이고, 나는 노래방 기계를 손님으로 모시고 손님 비위에 맞게 기생 노릇을 제대로 한 것이기 때문이다. 노래란 내가 주인이 되어 나 즐겁자고 하는 것이지, 노래방 기계에서 높은 점수를 받기 위해 하는 것이 아니며, 높은 점수로 다른 사람에게 뽐내려고 하는 것이 아니다. 그것은 지극히 주관적이고 주체적으로 신명을 푸는 활동이다. 그러기에 스님은 노래방에서도 주인 자리를 기계에 내주지 않고 주인이 되어 무대를 휘저으며 목청껏 노래했다. 그리고 몹시 즐거워했다.

기생이 손님 기분을 잘 못 맞추었지만 개의치 않았다. 마음껏 노래를 했기에 시작할 때부터 끝날 때까지 스님의 음정과 박자로 마음대로 노래 부르며 행복해했다. 나는 세상 사람들이 노래를 잘한다는 것은 이런 것이라는 틀에서 조금도 벗어나지 않기 위해 세상의 틀을 상징하는 노래방 기계에 한 치라도 박자를 놓치지 않으려 에너지를 다 쏟았고 즐길 겨를이 없었다.

더구나 스님에게 내 점수를 과시하기 위해 애쓰다 보니 손님으로 가서 노래방 기계의 기생이 되고, 스님의 기생이 되어 나도 손님이라는 사실을 그만 잊고 말았다. 나는 주인이 아니라 종이었다.

그 후 두 번째로 노래방에 갔다. 이번에는 스님의 점수는 올라가고 내 점수는 내려갔다. 나는 태어나 노래방에 간 날 중에 가장 즐겁고 흥겨운 시간을 보냈다. 다음 날 스님이 말했다. "조금 맞춰줘도 좋은 걸." 나는 속으로 말했다. '스님 저는 안 맞춰주니 좋은 걸요.'

산에 살면서 스님을 통해 나는 내가 나로 산다는 게 무엇인지 배울 수 있었다. 스님은 틀에 매이지 않았다. 어떤 개념으로도 자신을 속박하지 않았다. 그러기에 매 순간 빛나는 한 인간으로서 싱싱하게 살아 있었다. 하지만 나는 세상에서 배운 개념과 이론과 당위라는 틀속에서 살았다. 스님은 속세 박사는 다 그러냐며 혀를 끌끌 찼다.

둥근 세상을 네모란 개념에 담은 후, 거기서 조금이라도 벗어나는 것은 모조리 쳐내는 것이 틀이다. 똑같은 산에 살면서 스님은 둥그런 세상을 둥그렇게 맞으며 즐겁게 살았고, 나는 정신없이 내 틀로 쳐내고 깎아내느라 괴로워하며 살았다. 지금 스님이 곁에 있다면 내게 물어볼 것 같다. 너, 아직 기생으로 사냐?

"봄꽃도 피는 순서가 있다는데"

내 공부를 하고 싶다고 느낄 때가 적령기다

오랫동안 내가 배우던 선생님을 학생으로 맞으리라 상상하지 못했다. 어느 날 내 수업에 선생님이 학생으로 들어왔다. 정신과의사였던 선생님은 일흔이 넘어 사이버대학교에 입학했고 그곳에서 제자가 개설한 수업에 등록하였다.

이름을 보고 깜짝 놀랐다. 설마 동명이인이겠지 싶어 전화를 드리니 "예, 제가 맞습니다. 교수님!" 하고 깍듯이 인사를 건넸다. 학생이 된 선생님은 교수를 가장 긴장시키는 학생이었다. 매 시간 수업을 듣고 나면 장문의 소감을 자유게시판에 올렸다. 나는 진땀을 흘리며 소감을 읽고 소감에 대한 소감을 달았다.

학생들은 사제 간에 오가는 글을 보며 매우 흥미로워했다. 한 번씩 댁에 가면, 모니터 앞에서 환히 웃으며 열심히 수강하는 모습을 볼 수 있었다. 선생님은 공부가 너무 즐겁다며 일주일에 꼭 두 번씩 강의를 반복해서 들었다. 문화를 전공으로 택한 선생님은 학생들 모임에도 꼬박꼬박 참석해 모처럼 맞은 학창시절을 기쁘게 보냈다.

학부 수석으로 졸업한 선생님은 졸업식에서 내 어깨를 툭 치며, 너만 A를 주었으면 전체 수석을 했을 거라고 농담을 던지셨다. 나중에 선생님은 평생 공부하면서 즐겁다고 느낀 적이 없는데 유일하게 사이버대학 공부가 즐거웠다고 회고했다. 선생님이 공부의 꽃을 피운 것은 일흔둘이 되어서였다.

사이버대학교 교수 생활을 돌아볼 때마다 20세부터 80세에 이르는 학생들이 떠오른다. 공부의 적령기를 나이로 가늠할 수 없음을 깨달은 시절이었다. 공부의 적령기는 젊은 시절이 아니라 내가 나의 이유로 공부하기로 결심한 시기다. 20대건 80대건 이젠 내 공부를 하고 싶다고 느끼면 적령기다. 그런 공부는 질리지 않는다. 어려움이 와도 웃으며 이겨낸다.

그 학생들의 체육대회나 송년회에 가면 각양각색의 표정이 꽃이 되어 환하게 피어 있었다. 내가 공부하고 싶어서 내 손으로 돈을 벌고 학교를 다니는 사람들의 표정은 꽃이었다. 어쩌나 초대받아 젊은 세대가 공부하는 캠퍼스에 특강을 가보면 사이버대학교 학생들과 대비되는 표정을 보곤 했다. 엄마의 이유로, 취직의 이유로, 점수를 이유로 진학하여 강의실에 앉은 학생들의 표정은 지치고 무거워 보였다. 화려한 젊음으로 그늘을 가렸지만 미래에 대한 불안과 현재에 대한 불만이 얼굴에 묻어 있었다. 아직 그들은 인생의 꽃이 피지 않은 것이다.

봄꽃도 피는 순서가 있다. 개나리, 진달래, 벚꽃 순으로 꽃을 피운다. 이렇게 순서가 다른 까닭은 일정하게 따뜻한 온도가 쌓여야 꽃이 피기 때문이다. 개나리는 84.2도 진달래는 96.1도, 왕벚나무는 106.2도다. 우리 인생도 각자의 꽃을 피우는 시간이 있다. 일정한 시간이 지나야 원하는 꽃을 피운다.

사람도 봄꽃처럼 누구나 자신만의 꽃이 있다. 그리고 그 꽃을 피우는 시기가 따로 있다. 언제 꽃을 피우는가는 자신도 알 수 없다. 우연이라는 이름으로 그때가 오기 때문이다. 그때까지는 방황할 수밖에 없다.

어린 시절에 그림 그리기를 좋아하던 동생은 법학을 전공했고, 금융계에서 일할 때는 얼굴에 만성피로가 묻어 있었다. 그 사이에 운동도 하고 강의도 했지만 그리 즐거워 보이지 않았다.

우연한 계기로 갤러리 관장직을 맡게 되자 피로가 일시에 사라지고 햇살 같은 환함이 표정에 스며들었다. 주말에도 쉬지 않고 일하는데 얼굴에 그늘이 생기지 않았다. 동생은 나이 쉰이 넘어 꽃을 피운 것이다.

내 삶에 피는 꽃은 세상 사람들이 말하는 성공과 관계없다. 누가 봐도 성공한 사람인데 짙은 그늘을 드리운 경우가 많다. 남들이 생각하는 꽃이 나의 꽃은 아닌 것이다. 즐거운 삶을 산다는 건 나에게 꼭 맞는 꽃을 발견하고 꽃피우는 것이다. 일정하게 따뜻한 온도가 쌓여 봄꽃이 피는 것처럼 나도 나에게 관심이란 따스한 온기를 품어볼 일이나.

"너보다 못한 사람이 나가게 된다"

돌려서 칭찬하면 용기도 줄 수 있다

삼십대 후반에 접어든 어느 날 라디오방송국 피디에게 연락이 왔다. 일주일에 한 번 라디오방송에 참여해줄 수 있느냐고 물었다. 청취자들의 고민을 듣고 조언하는 방송이라고 했다. 당황스러웠다. 상담을 하고 있긴 하지만 아직 인생에 대해 아는 것이 적고 모르는 것이 많은데 공영방송에서 조언을 한다는 게 두려웠다. 다음 날까지 답을 드리겠다고 하고, 내가 상담을 배우던 원로 정신과전문의 선생님을 찾아갔다.

사정을 말씀드리고 "아직은 방송에 나갈 때가 아니겠지요, 선생님" 하고 조심스럽게 여쭈어보았다. 그러자 선생님은 "나가라" 하고 앞뒤없이 짧게 한마디로 말씀하셨다. 어리둥절해하는 나에게 설명을 해주셨다.

"네가 나가지 않아도 된다. 그런데 그러면 너보다 못한 사람이 나가게 된다. 방송국은 아무에게나 방송하라고 하는 데가 아니다. 부탁했을 때는 다 이유가 있다. 네가 안 한다면 그다음 사람을 찾기 마련이 아니겠냐. 그러니 네가 나가라."

다음 날 용기를 내어 피디에게 전화해 방송을 하겠다고 했다. 너보다 못한 사람이 나가게 된다는 말은 신기하게 칭찬 같지 않은데, 생각하면 할수록 큰 칭찬이었다. 너 정도 되면 나가도 된다고 하는 말보다 훨씬 가슴에 와닿으면서 뭉클한 말이었다. 제자를 믿고 아끼는 스승의 마음이 고스란히 들어가 있었다. 그 후 1년 남짓 라디오 방송에 출연할 수 있었던 건 선생님의 한마디 덕분이었다.

얼마 전 선배 한 분에게 전화를 받았다. 복지관장을 계속해야 할지 그만두어야 할지 고민된다는 전화였다. 전에 내가 들었던 말이 떠올라 그대로 말씀드렸다.

"선배님이 안 하셔도 되겠지요. 그런데 그러면 선배님보다 못한 사람이 관장을 하지 않겠어요?"

선배는 잠시 말을 잇지 못하더니 나지막하게 고맙다는 소리를 하고 전화를 끊었다. 이후 관장직을 계속하게 된 선배를 우연히 만났다. 선배는 "그때 네 말이 많은 힘이 되고 위로가 되었다. 고마웠다"며 어깨를 두드려주었다. 기분이 묘했다. 선생님에게 들어 힘이 된 이야기를 선배에게 한 것도 묘했지만, 비슷한 상황에서 마찬가지로 위로와 힘이 된다는 것이 더 묘했다.

지금도 어디서 상담이나 강의 의뢰가 들어와 망설일 때면 어김없이 선생님이 해준 이야기를 떠올린다. '그래, 자격이 된다고 생각하니 거기서 나에게 부탁했을 거야. 내가 하지 않을 수도 있어. 그런데 그러면 나보다 못한 사람이 하지 않을까. 그건 상담을 받거나 강의를 듣는 분들은 몰라도 내가 죄송한 일이지.' 이런 생각이 차례로 떠오르면서 마음 편히 하겠다는 이야기를 한다.

　때로는 직접적으로 전하는 좋은 말보다 돌려서 하는 말이 더 큰 칭찬이 될 수 있다. 얼마 전 고기 맛이 기가 막힌 숯불고기집에 갔다. 숯불을 넣고 빼주는 주인의 이마에 땀이 송골송골 맺혀 있었다. 테이블마다 불을 넣으며 서글서글한 눈매로 "손님 맛있으세요?" 하고 정답게 말을 붙였다. 우리 가족이 앉은 테이블에도 와서 맛있느냐고 물었다. 주인에게 되물었다. "이 집에서도 고기 맛이 없다고 하면 서울을 벗어나야 한다면서요?" 주인의 얼굴이 환해졌다. "아, 손님은 말을 참 좋게 하시네요. 하하하. 감사합니다. 손님 말씀 오래 기억하겠습니다."

"외로워서 왔어요"

"왜 산속으로 왔어?"

암자에 머문 지 몇 달 되어갈 즈음 스님이 차를 건네주시며 물었다.

"서울이 외로워서요."

"허 참, 사람들 북적대는 서울이 외롭다니 별일이네."

스님과 나는 말없이 차만 마셨다.

회색 빌딩 숲으로 덮인 서울은 외로웠다. 사람이 많은데 외로웠다. 푸른 숲으로 덮인 산속은 외롭지 않았다. 사람이 없는데 외롭지 않았다. 외로움은 사람 수와 상관없었다.

산속에 살다 보니 외로움을 결정하는 건 사람의 많고 적음이 아니라 통하는 사람의 있고 없음이었다. 마음 통하는 한 사람이 있다면 첩첩산중이라도 외롭지 않지만 마음 통하는 사람이 없다면 화려한 빌딩 숲에서도 외로웠다.

홍수에 마실 물이 없다. 휴대폰에 저장된 수백 명의 지인이 있어도 문득 찾아오는 삶의 깊은 고통을 이야기하고 나눌 사람은 없었다. 풍년거지가 더 서럽다는 속담처럼 알고 지내는 사람은 많은데 깊이 나누는 사람이 없을 때 외로움은 더 진해졌다.

산속으로 오기 전 회색 서울의 생활은 바빴다. 늘 기한에 쫓기는 일들을 생각하느라 두 눈을 두리번거렸다. 하나를 마치면 어디서 나타났는지 다른 할일이 뚝딱 눈앞에 나타났다. 일과 관련된 사람들은 해결해야 할 온갖 문제 상황을 끝없이 만들어냈다. 그렇게 멈추지 않고 일을 해나가도 내 삶의 모습은 달라지지 않았다.

여느 날처럼 출퇴근 시간에 정신없이 지하철 계단을 사람들과 함께 뛰고 있으면 지금 내가 뭘 하고 있는지 의문이 들었다. 바쁜 상황과 일정을 소화할 뿐 내 속에서 일어나는 나는 어떤 사람인가에 대한 의문을 풀어볼 틈이 없었다. 주위를 둘러보면 나와 같은 표정의 사람들이 나를 둘러싸고 있었다. 자신을 생각할 겨를 없는 성마른 얼굴들이 피곤에 물들어 있었다. 서울의 사람들은 일에 치여 있었고, 정작 봐야 할 나를 보지 못하고 있었다. 모두가 분주한 게으름뱅이였다.

푸른 산속 암자는 그날이 그날이었다. 별다른 일이 없었다. 그래서일까? 산속 암자의 하루는 일 년처럼 길었다. 특별히 해야 할 일이 없는 한가한 시간이 하루를 길게 만들었다. 스님이 예불을 마친 오후가 되면 멀리 산이 보이는 통 큰 창 아래 다탁에 앉아 스님과 내가 차를 마셨다. 몇 시간 동안 한마디 하지 않고 차만 마실 때가 많았다. 그래서 산에서의 생활은 늘 심심했다. 그런데 외롭지 않았다. 말하지 않아도 어쩌다 스님과 스지듯 마주치는 눈빛이 마음에 온기를 채워주었고, 스님의 헛기침 소리가 찬 마음에 군불이 되어주었다.

서울은 새롭게 들어서는 건물과 건물 속 화려한 조명으로 늘 모양이 바뀌었지만 늘 같은 느낌이었다. 산속은 늘 푸른 숲으로 모양이 같았지만 한 순간도 같아 보이지 않았다. 봄, 여름, 가을, 겨울이 달랐다. 아침이 다르고 저녁이 달랐다. 바람이 불 때와 잔잔할 때가 달랐다. 화려한 서울은 늘 같아서 지루한데, 단순한 산속은 늘 달라서 즐거웠다. 바위에 앉아 가만히 눈을 감고 있으면 어느새 옆에 와 몸을 붙이고 앉아 있는 진돗개의 체온이 말할 수 없이 따뜻했다. 진돗개의 소리도 움직임도 날마다 달랐다. 머리를 쓰다듬고 있으면 깊은 친밀감이 밀려왔다.

회색 서울은 돈이 없으면 갈 곳이 없다. 돈이 있어야 친구도 만나고 밥도 사 먹고 버스를 타고 집으로 올 수 있다. 산속 암자는 모두 공짜다. 돈을 벌지 않아도 된다. 스님은 기도하고 나는 책을 보거나 놀았다. 가끔 마을에서 가져와 법당에 바치는 쌀과 산에서 나는 나물로 밥을 해 먹고 반찬을 만들어 먹으면 됐다. 돈이 없어도 보름이면 환한 달빛이 무료로 제공되고, 봄비 그친 뒤 작은 나뭇가지 위에 이름 모를 새들이 와 무료로 노래를 불러주었다. 외로움은 무료가 아닌 유료에서 생기는 것이었다.

스님과 심심하면서 무료하지 않고, 비어지면서 꽉 차오르는 시간을 몇 년 보내다 보니 자연스레 외로움의 정체를 보게 되었다. 외로움은 몸의 심심함에서 오는 것이 아니라 마음의 무료함에서 오는 것이었다. 외로움은 한가한 삶에서 오는 것이 아니라 분주한 삶에서 오는 것이었다.

산에서 살았던 몇 년 동안의 삶은 내 인생에서 가장 따스한 삶이었다. 일없이 멍하게 지내는 틈 사이로 회색 서울에서 떠올리지도 소화하지도 못했던 질문이 하나씩 떠올랐다. 나는 지금 뭘 하고 있지, 나는 어떤 사람이지, 나는 누구지. 가만히 바위에 앉아 솔바람 소리를 들으면 이유 없이 눈물이 흘렀다.

산에서 내려와 서울로 돌아왔을 때 사람들이 물었다. 그렇게 오래 산에서 지내면서 심심하고 외롭지 않았느냐고. 나는 속으로 되물었다. 그러는 당신이 그동안 더 외롭지 않았느냐고. 나는 외롭지 않았다. 심심했지만 허전하지 않았고, 한가해서 분주하지 않았으며, 돈이 없었지만 무료에 둘러싸여 있었다. 그래서 외로울 수 없었다.

몇 년간 지낸 산속 생활을 떠올리면 지금도 따스한 행복이 밀려온다. 어느 팝송 가사처럼 내게는 'another days in paradise'였다. 외로운 서울에 살고 있는 지금 푸른 산속이 그립다.

"왜?"

쓸데없는 것이 쓸 데 있는 것을 이긴다

"아빠는 왜 엄마랑 결혼했어?"

동네를 걷다 초등학생 아들이 불쑥 던진 질문에 멍해졌다. 그러게, 왜 내가 아내랑 결혼했지? 빤히 나를 쳐다보는 아들을 느끼며 짧게 말했다.

"엄마가 지적이잖아!"

그러자 아들이 말했다.

"아빠한테는 엄마가 지적이지만 엄만 나한테는 지적해!"

아들 말에 폭소가 터졌다. 길을 가면서 한참 웃었다. 맞아, 넌 자주 지적을 당하지.

왜라는 말은 한 글자밖에 되지 않지만 아주 큰 힘을 가졌다. 왜라는 질문 하나로 수없이 많은 일들이 인류사에 생겼다. 왜라고 묻지 않았으면 인간은 늘 그날이 그날인 날을 살았을 것이다.

왜 내가 지금 여기서 이러고 있느냐는 질문은 지금과 전혀 다른 삶을 가져오기도 한다. 왜는 근본적인 이유를 답하지 않을 수 없게 만든다. 왜 엄마랑 결혼했느냐는 아들의 질문에 잠시 멍해진 이유도 여기 있다. 많고 많은 여자 가운데 한 사람, 아내를 왜 배우자로 선택해 결혼했을까? 아들의 대답에 정신없이 웃었지만 그 후로 가끔씩 왜 나는 아내랑 결혼했는지 스스로에게 묻곤 했다. 그러면 부부생활에 더 진지해지고 아내에게 잘하고 싶은 마음이 생겼다. 왜라는 질문의 힘이었다.

처음 시간강사가 되고 스스로에게 질문했다. '왜 이 과목을 가르쳐야 하지?' 어떻게 가르쳐야 하는지는 왜라는 질문을 마치면 자연스럽게 나왔다. '가족복지론'이란 과목을 가르칠 때였다. 선후배 강사들은 왜를 묻지 않았다. 가르쳐야 하니까 가르치는 거라 생각했다.

강사들은 어떤 교재로 어떻게 가르칠지에 관심을 가졌다. 하지만 나는 왜 가르쳐야 하는지가 궁금했다. 고민 끝에 얻은 답이 '훗날 내가 가족을 가졌을 때 잘 사는 방법을 배우기 위해서'였다. 그러자 어떻게 가르칠지에 대한 답이 나왔다. 먼저 중간고사와 기말고사를 없앴다. 남은 13주 동안 매번 보고서를 써서 내도록 했다.

보고서의 내용은 처음 남자와 여자가 만나 결혼하고, 갈등이 생겨 이혼을 한 후 재혼에 이르는 과정을 알아보면서 생각하고 상상하여 쓰도록 하는 것이었다. 첫 보고서로 엄마를 인터뷰하여 나의 배우자감 조건을 알아오게 했다.

한 학생은 엄마와 대판 싸웠다는 이야기를 보고서에 담았다. 평소 성격만 좋으면 된다던 엄마였는데 인터뷰를 하니 줄줄이 남자 외모, 집안, 경제력, 학벌 이야기를 쏟아냈다. 엄마와 말싸움이 벌어지고 급기야 냉전을 이어가고 있다는 사연이 보고서에 담겨 있었다.

두 번째 보고서는 예물과 예단 가격을 알아오고 계획을 세워 오라는 것이었다. 여러 주가 지나서는 배우자가 바람을 피우면 어떻게 대응할 것인지 구체적인 계획을 세워 오라고 했다. 한 주씩 보고서를 쓰면서 학생들은 결혼이 낭만이 아니라 살 떨리는 일이라는 걸 실감했다. 학기 중간에 이르자 절반 이상의 학생이 결혼하고 싶지 않다는 보고서를 써냈다. 모든 수업이 끝나고 학생들은 생각이 자란 것 같다고 자평했다.

그때 수업을 듣고 지금 교수가 된 제자들은 그 수업이 잊히지 않는다는 이야기를 하곤 한다. 왜라는 질문 하나를 던졌을 뿐인데 수업의 성격과 내용이 기존 교재를 가지고 진도를 나가던 수업과 완전히 달라졌다.

가족복지론뿐만 아니라 다른 수업도 반드시 '왜 이 과목을 가르쳐야 하는가?'를 물었다. 그러면 이유가 나왔다. 자연스럽게 방법도 따라 나왔다. 학생들은 이런 수업 방식을 좋아했다. 언제나 자신이 삶의 주인공이 되어 해당 과목의 주제를 깊이 생각하고 자기 삶에 적용하는 것을 기뻐했다.

장애인복지론을 강의할 때는 장애인과 그 부모에게 특강을 요청했다. 중간고사는 장애 체험으로, 기말고사는 장애인 가정 방문 및 장기자랑으로 치렀다. 장애인 등급이 어떻게 되어 있고 장애 유형을 암기하게 하는 게 장애인복지론이어서는 안 된다고 믿었다. 그래서 이런 수업이 가능했다. 장애인도 나와 '같은' 사람이라는 걸 느끼게 하는 것이 장애인복지론을 가르치는 이유여야 한다. '왜?'라는 질문 하나로 알게 되었다.

자기의 인생과 주변 사람에 대해 왜라고 묻는 사람은 허투루 살 수 없다. 왜는 반드시 근본적인 삶의 이유를 나에게 요청하기 때문이다. 왜 아내랑 결혼했는지를 알아야 아내에게 어떻게 해줄 것인지를 알게 된다. 왜 자식을 키우는지 알아야 어떻게 자식을 키울지 알게 된다. 왜 사는지 알아야 어떻게 살지 알게 된다.

왜는 쓸데없는 질문으로 보이지만 항상 쓸 데 있는 질문을 이기는 힘을 가졌다. 왜 나는 이렇게 살고 있는지 한 번씩 물어야 삶의 격이 올라간다.

"공부도 못하는 게"

기준을 스스로 정하면 열등감은 없다

같은 학번의 캠퍼스 커플이었다가 결혼한 약사 부부의 이야기다. 학력고사 세대인 부부는 남편의 점수가 3점 낮았다. 어느 날 부부싸움 끝에 아내가 자기도 모르게 남편에게 "공부도 못하는 게!"라고 쏘아붙였다.

그 순간, 철썩, 아내의 뺨에 불이 났다. 남편은 이성을 잃고 거실에 있던 화분을 던지고 집을 난장판으로 만들어버렸다. 아내는 말문이 막혔다. 틀린 말을 한 것도 아니고 남편이 왜 이렇게 격분하는지 이해가 가지 않았다.

아내는 이해를 못 했어도 우리는 금방 이해가 간다. 남편의 분노 아래 열등감이 보이고, 아내 말 속에 우월감이 보이기 때문이다. 나는 석사학위 논문을 준비하면서 우리나라 사람들이 가진 열등감을 조사

했다. 1위가 학력이었다. 말을 하지 않아 그렇지 다른 사람의 학력은 우리의 주된 관심사다. 이렇게 된 데는 오랜 역사가 있다.

칼 융은 '집단무의식'이라는 말로 그 시대 사람들이 자신도 모르게 가지고 있는 생각을 설명했다. 사람들이 어둠이나 뱀을 무서워하는 것은 조상들이 어둠 속에서나 뱀에게 목숨을 잃었던 경험이 많아 그 것이 집단무의식으로 전해져 내려왔기 때문이다.

우리가 학력을 중시하고 엄마들이 입만 떼면 공부하라고 하는 것은 공부를 잘해 장원급제를 하면 힘과 돈을 모두 차지하던 과거시험의 유산이 집단무의식으로 전해져 내려오기 때문이다. 지금도 권력의 정점에 있는 권세가 중에는 학력이 높은 사람이 많다. 그러다 보니 공부를 잘하고 못하고는 사람을 판단하는 가장 중요한 기준이 되었다. 아무리 돈 많은 집도 아이가 공부를 못하면 기가 죽고, 돈 없는 집도 아이가 공부를 잘하면 어깨를 편다.

학력 열등감은 사람들이 학력에 대해 가치를 높게 부여하는 생각을 아무런 검증 없이 그대로 받아들여 생기는 마음이다. 검증하지 않았다는 것은 이것이 정말 사람의 가치를 제대로 말해주는 기준인가 스스로 질문하지 않았다는 뜻이다.

사람을 판단할 수 있는 기준은 공부 잘하는 능력만 있는 게 아니다. 대인관계를 잘 맺는 능력도 사회생활을 해본 사람이라면 학력 이상으로 중요하게 여기는 가치다. 돈의 흐름을 잘 읽고 잘 버는 능력도 자본주의 사회에서 중요한 가치다. 예술로 사람들에게 마음의 위안과 기쁨을 주는 능력도 중요한 가치다. 더구나 미래사회에서는 이러한 여러 능력이 공평하게 대우받을 것이라는 징후가 곳곳에서 보인다.

학력 열등감을 희석시킬 방법은 간단하다. 사람들이 중요하게 여기는 학력을 나도 꼭 가져야겠다는 마음을 내려놓으면 된다. 나는 어디까지나 나다. 내가 중요하게 여기는 가치를 발견하면 된다. 아내보다 학력고사 점수는 3점 낮지만 그건 나를 이루는 여러 개의 능력 중 하나에 불과하다고 생각하면 된다. 손님을 대하는 태도가 더 친절하고, 더 많이 약을 판매한다면 남편은 공부 조금 더 잘한 아내 못지않게 훌륭한 사람이다. 그리고 어차피 같은 약사이고 등급이 있는 것도 아니다.

아들이 유치원을 다닐 때 우리 부부는 특별한 성적표를 만들었다. 흔히 성적표라면 국어, 수학, 영어처럼 교과목을 생각하지만 우리는 몸관리, 마음관리, 용돈쓰기, 놀이, 운동, 공부, 사람 관계 같은 과목을 평가과목으로 만들었다. 미래 아이들의 성적표를 미리 만들어본 것이다.

공부는 여러 평가과목 중 하나에 불과하다. 이렇게 만들고 아들에게 공부란 중요한 것 중 하나에 불과하다는 이야기를 여러 번 들려주었다. 그 영향을 받아서인지 아이는 자라면서 여러 성향의 친구들을 가까이했다. 운동을 잘하는 친구, 성격이 좋은 친구, 말을 잘하는 친구, 공부를 잘하는 친구를 두루 사귀었다. 우리는 자주 아들에게 말

했다. "사람의 능력은 모두 같아. 종류만 다를 뿐이야.'

공부가 중요하다고 사람들이 아무리 이야기해도 내가 받아들이지 않으면 열등감은 슬며시 내 곁을 떠난다. 공부 외에도 잘할 수 있는 것은 무수히 많다. 내가 잘하고 이것으로 나와 다른 사람을 웃게 한다면 그것이 내가 나를 이끌고 갈 길이다. 그 길에는 처음부터 열등감이 없다.

"반듯하게 아니면 편안하게"

스님과 자연인의 다른 행복

티브이에서 산에 사는 스님의 일상을 다룬 영상을 보다 채널을 돌렸다. 마침 〈나는 자연인이다〉 프로그램에서 산에 사는 자연인의 일상이 펼쳐지고 있었다. 스님이나 자연인이나 모두 산에 사는데 사는 모습이 여러모로 달랐다. 외모에서 풍기는 분위기부터 달랐다.

스님의 깎은 머리와 자연인의 긴 머리는 인위와 자연을 연상시켰다. 삭발한 스님의 머리처럼 스님의 방은 깨끗했지만 자연인의 방에는 이린저린 살림이 가득했다. 시간이 나면 스님은 붓을 들어 한지에 깨달음의 글을 쓰지만, 자연인은 흥겹게 노래를 불렀다. 스님이 가꾸는 밭은 구획이 가지런히 나뉘어져 있고, 장독도 야무지게 천에 싸여 얌전하게 자리 잡고 있었다. 자연인이 가꾸는 밭은 어디가 풀이고 어디가 야채인지 모르게 풀밭이었고, 장독도 대충 적당한 데 놓여 있었다.

사람이 창안한 사상은 다양하고 많지만 아주 크게 보면 인위를 중요하게 보는 입장과 자연을 중요하게 보는 입장으로 나누어진다. 인위가 중요한 입장에서는 자연은 무질서하고 예측이 어려우므로 이를 가공하여 질서를 잡아 예측 가능하도록 할 때 비로소 사람에게 도움이 된다고 생각한다.

춘추전국시대 사상가였던 순자는 작위가 가져오는 아름다운 질서, 즉 인위의 아름다움을 이야기했다. 밭은 그냥 두면 잡초만 무성해진다. 잡초를 솎고 가꾸어야 사람이 먹을 수 있는 채소밭이 되어 사람이 살게 한다. 짐승을 집으로 잡아 와 묶어두고 가꾸면 가축이 되어 유용한 살림 밑천이 된다. 채취와 사냥을 하던 삶을 가공하여 농사와 가축을 기르는 삶으로 바꾸면서 사람의 생존이 안정된 것을 인위가 유용한 대표적 증거로 보았다.

이와 달리 노자는 무위자연을 이야기했다. 무질서해 보이는 자연이 실은 가장 질서정연하며 사람 또한 자연의 일부이므로 자연에 순응하여 살 때 가장 큰 기쁨과 생명을 얻는다고 했다. 암에 걸려 인위적인 치료로 시한부 삶을 살던 사람이 산속으로 들어가 자연 속에서 살 때 생존율이 높아졌다는 사례는 자연이 주는 생명력과 치유의 대표적 증거다. 순자와 노자로 대표되는 인위와 자연은 동양에서 오랫동안 그 가치를 가진 두 기둥으로서 전통을 이어오고 있다.

티브이에서 스님은 산에 지게를 지고 나무를 하러 가면 반드시 부러지거나 쓰러져 죽은 나무만 일정한 크기로 잘라서 지게 위에 올렸다. 이리저리 어지럽게 놓인 나뭇가지들을 지게 위로 옮기며 스님은 말했다.

"이렇게 내가 치워주면 얘들도 좋아하지 않을까?"

영상을 보며 어지러운 나뭇가지를 치우면 좋은 건 산일까 스님일까 싶어 웃음이 나왔다.

자연인은 풀밭에서 오이를 따고 고추도 땄다. 왜 풀을 베지 않느냐고 했더니 "얘들도 뽑히려고 태어난 게 아니잖아요. 같이 살아야지요"라고 말했다. 배고프면 토끼나 노루도 와서 먹고, 가끔 멧돼지도 와서 먹기에 내가 먹고살 것보다 더 많이 심었다고 했다. 영상을 보며 넉넉한 자연인의 마음에 또 웃음이 나왔다.

산속 스님은 부처님 말씀으로 대표되는 인위의 틀을 중심에 세우고 자연과 조화를 이루며 사는 삶이다. 그래서 스님의 삶은 반듯하고 정갈하고 깊다. 산 속 자연인의 삶은 자연과 하나가 되어 살아가는 삶이다. 그래서 자유롭고 편안하며 평화롭다.

두 삶은 누가 낫고 못나고가 아니라 사과와 오렌지의 맛이 다르듯 서로 다른 강점을 지닐 뿐이다. 반드시 인위로 살아야 한다거나 자연으로 살아야 한다는 고집만 부리지 않는다면 두 삶 모두 좋은 삶이다.

같은 날에 산속 스님과 자연인이 놀러 오라고 초대한다면 어디로 갈 것인가? 정갈하지만 묘한 긴장감을 주는 스님에게 갈까. 아니면 편안하지만 왠지 어수선한 자연인에게 갈까. 내 속에 있는 인위와 자연의 비율이 저절로 한쪽 산으로 발걸음을 향하게 하지 않을까. 무엇을 택해도 후회 않을 두 행복이 거기 있으니. 반듯하게 아니면 편안하게.

"또 거짓말하러 가?"

나를 속이지 않으려면

암자에 살면서 이따금 상담 워크숍 진행을 하러 며칠간 나왔다. 주제는 부부갈등 해결이었다. 부부갈등을 전공하고 부부들을 상담하다 보니 워크숍 진행 의뢰가 오고는 했다. 그날도 스님께 "스님 저 며칠 춘천 다녀오겠습니다" 하고 인사를 드렸다. 예불을 마치고 법당 창문으로 물끄러미 나를 바라보던 스님이 말했다.

"또 거짓말하러 가?"

워크숍을 하는 내내 그 말이 가슴을 쳤다. 또 거짓말 하러 가? 너는 말한 대로 살지도 않으면서 사람들한테 그렇게 살아야 한다고 거짓말하러 가? 너는 나와 관계를 잘 맺지도 못하면서 사람들한테 관계를 잘해야 한다고 거짓말하러 가? 마음속에서 스님의 다른 말들이 이어지면서 워크숍을 진행하던 사흘 내내 나를 괴롭혔다. 그 말에서 자유로울 수 없었기 때문이다. 워크숍을 듣던 수강생은 수녀님들이었다. 수녀님들께 스님이 한 말을 고백했더니 박장대소했다. 수녀님들도 거짓말하지 않는 삶을 살기 위해 날마다 노력하고 있다고 했다.

결혼한 지 십 년쯤 지났을 때, 결혼 전부터 오래 알고 지냈던 상담 소장님을 만났다. 소장님이 함께 밥을 먹다가 물었다.

"선생님, 결혼해서 살아보니 결혼 전 강의하면서 부부는 이렇게 살아야 한다던 내용대로 살게 되시던가요?"

그 순간 "또 거짓말하러 가?" 하던 스님의 말이 떠올랐다. 나는 침을 꿀꺽 삼키며 대답했다.

"네, 그래서 요즘은 어떻게 살아야 한다는 소리를 잘 하지 않아요."

내가 하는 강의나 상담이 대부분 부부 관계나 부모 자녀 관계를 주제로 하다 보니 예외 없이 나오는 질문이 "선생님은 그렇게 사세요?"다. 그럴 때마다 곤혹스럽다. 완전히 그렇게 산다고 자신 있게 말해도 거짓말이 되고, 전혀 그렇게 살지 않는다고 해도 거짓말이 된다. 어떤 때는 말한 대로 살고 어떤 때는 말한 대로 살지 못한다는 것이 솔직한 대답이다.

스님의 말을 들은 후로 지금까지 거짓말하지 않는 삶을 살려면 어떻게 하면 좋을까 고민했다. 그러다 그렇게 살 수 있는 방법은 없다는 걸 깨달았다. 세상에 그런 방법은 없다. 우리는 실수를 하는 부족한 인간이다. 이제 나는 스님이 던진 질문이 그렇게 살아야 한다는 말이 아니라 그렇게 살려고 애써야 한다는 말이라는 것을 이해하게 되었다. 거짓말하지 않는 삶을 살아야겠다는 마음을 한 번씩 떠올리며 살면 그것으로 족하다. 그러면 조금은 거짓말을 덜 하고 살 수 있다. 그것으로 충분하다.

살다 보면 한마디 말이 더 나은 삶으로 이끌어주고는 한다. 스님이 던진 "또 거짓말하러 가?"라는 한마디는 내 삶의 격을 한 단계 올려준 고마운 말이 되었다. 이제 상담을 하면서 다른 부부에게 이렇게 하라는 말을 할 때면 가슴 저편에서 '지금 또 거짓말하는 건 아니지?' 하는 질문이 자연스럽게 떠오르고는 한다. 스님의 말이 내 가슴에 칩이 박히듯 콕 박혀 있다는 것을 느낀다. 말과 실제 행동의 차이가 조금씩 줄고 있는 것 같다.

아들이 초등학교에 다닐 때 몇 주 연속으로 주말마다 1박 2일 부부캠프를 진행하러 떠났다. 세 번째 주에 짐을 챙겨 떠나려는데 아들이 나를 빤히 쳐다보면서 물었다.

"아빠, 다른 가족들 살려주려고 가는 거야? 우리 가족은?"

스님이 계시지 않은 자리에 어느새 아들이 들어와 있었다. 그날 아들은 스님의 말을 다르게 표현하고 있었다. '아빠, 또 거짓말하러 가?' 그 후로 주말 부부캠프를 최소로 줄였다. 아들에게 거짓말하는 아빠가 되고 싶지 않았다.

지금도 스님의 말이 한 번씩 떠오른다. '또 거짓말하러 가?' '아니에요. 스님!' 혼자 묻고 혼자 대답하곤 한다. 이제는 나를 속이기가 어려워졌다.

"한 사람도 힘들지 않으세요?"

한 사람 속에 모든 사람이 있다

러시아 남자가 집단상담에 참여해 이목을 끌었다. 한국에 온 지 여러 해 되었다는 남자는 우리말을 유창하게 했다. 자기 나라에서는 아직도 남자가 네다섯 명의 아내를 둘 수 있다고 하여 남자들의 부러움을 샀다. 한 남자가 궁금증을 견디지 못해 물었다.

"한국 오기 전 거기서 몇 명하고 살아봤어요?"

남자는 웃으며 대답했다.

"아저씨는 한 사람도 힘들지 않으세요?"

폭소가 터졌다.

그때 한 남자가 뒷머리를 긁적이며 자기 이야기를 털어놓았다.

"나는 그 나라 사람도 아닌데 아내를 다섯이나 두었어요."

모두의 시선이 이 남자에게 쏠렸다. 남자는 지금 다섯 번째 아내와 살고 있다고 했다. 한 여자도 힘든데 어떻게 다섯 여자와 살았느냐고 묻자 남자는 씁쓸한 표정으로 말했다.

"다 다른 줄 알고 그랬죠. 다른 여자랑 결혼하면 달라질 줄 알고요. 그런데 그 여자가 그 여자예요. 다섯 번 결혼해보니, 한국 여자나 외국 여자나, 젊은 여자나 나이 든 여자나 여자는 다 같더라고요. 원하는 게 똑같아요."

다섯 아내가 똑같이 원하는 게 무엇이었을까. 여자들이 하나같이 원하는 건 자기를 사랑해주고 마음을 알아달라는 거였다고 했다. 헤어지자고 하거나 도망갈 때 이유는 모두 둘 중 하나가 제대로 안 되어서였다. 사랑만 해줘도 안 되고 마음만 알아줘서도 안 되었다. 사랑해주고 마음도 알아주는 걸 같이 해야 했다.

처음에는 여자가 문제라고 생각했다. 그래서 여자를 바꾸면 부부 사이도 좋아질 거라고 생각했다. 그래서 여자를 계속 바꿔 결혼했다. 그런데 다섯 명과 살아봐도 문제가 똑같이 생기다 보니 원인이 정말 여자에게 있을까 의문이 들었다.

곰곰 생각해보니 정말 인정하고 싶지 않았지만 바로 남편인 내가 문제의 원인이었다. 여자들이 원하는 건 하나같이 사랑받고 싶어 하고 인정받고 싶어 하는 것인데, 내가 그걸 제대로 못해주니 다들 내 곁을 떠난 것이다. 첫 번째 아내가 떠난 이유도 그 때문이라는 것을 알게 되었다. 그리고 처음으로 첫 아내에게 미안한 마음이 들었다. 진작 이런 사실을 깨달았다면 숱한 세월 고생하며 살지 않았을 텐데 후회가 되었다.

한 사람을 아는 것은 여러 사람을 아는 것과 같다. 한 사람 속에 많은 사람의 공통점이 들어 있다. 사람은 누구나 사랑받고 싶어 한다. 또 누구나 자기가 열심히 노력한 것을 인정받고 싶어 한다. 반대로 누구나 미움 받는 걸 싫어한다. 애써 노력한 것을 무시당하면 싫어한다. 그래서 한 사람과 잘 지낼 수 있는 사람은 여러 사람과 잘 지낼 수 있다. 반대로 한 사람과 제대로 지내지 못하는 사람은 여러 사람과 제대로 지낼 수 없다.

우리는 부부 관계이건 부모와 자녀와의 관계이건 내 앞에 있는 한 사람과 잘 지내려는 노력을 기울여야 한다. 그러려면 한 사람에 대해 잘 알아야 한다. 그가 무엇을 좋아하고 싫어하는지를 아는 것이 기본이다. 거기에 그가 경험한 아픔과 기쁨에서 어떤 것을 중요하게 여기게 되었는지를 아는 것이 핵심이다. 그래서 그가 좋아하는 것을 해주고, 싫어하는 것을 하지 않으며, 중요하게 여기는 것을 존중해주어야 한다.

이것이 생각처럼 쉽지 않은 이유는 나와 그 사람이 좋고 싫어하는 것 그리고 중요하게 여기는 것이 다르기 때문이다. 아무리 부부라 해도 좋아하는 것과 싫어하는 것이 조금씩은 다르며 중요하게 여기는 것이 다르다. 이것을 조정하고 조율하는 것이 여간 어렵지 않다. 그래서 한 사람도 힘들지 않느냐는 외국 남자의 이야기가 나온 것이다.

한 사람을 제대로 알기 위해 노력하다 보면 사람을 보는 시선이 넓

어지고 깊어진다. 그렇게 알게 된 한 사람에게 잘하다 보면 사람들에게 어떻게 해야 할지를 자연스럽게 알게 된다. 다섯 번이나 결혼하고도 한 번도 제대로 살지 못한 남편은 그동안 한 사람도 제대로 알지 못했다고 보아야 한다. 여러 사람을 만나는 것보다 더 중요한 일은 한 사람을 제대로 알고 잘해주는 것이다. 한 사람 속에 모든 사람이 있다. 한 사람에게 잘하는 사람은 모든 사람에게 잘할 수 있다.

"내가 100프로 맞아"

미숙하면 완고하고 성숙하면 유연하다

　태극기 부대인 장인과 촛불 집회 참가자인 사위 사이에 큰 싸움이 벌어졌다. 결국 가정폭력으로 신고되었다. 가정폭력 보호처분을 받아 집단상담에 온 사위는 분통을 터트리며 하소연했다. 장인이 와서 정신개조를 해야지 왜 멀쩡한 자기가 와야 하느냐며 분개했다. 사위의 이야기를 들으면서 그 장인에 그 사위라는 생각이 들었다. 둘 다 자기가 맞는다는 생각에 한 치의 양보가 없다는 점에서 같았다.

　신념이란 나의 100%다. 내가 100% 맞는다는 것이 신념이다. 그런데 내가 100% 맞는다면 반대된 생각을 가진 상대는 100% 틀린 것이 되어버린다. 아이를 키우며 살펴보면 아이는 늘 자기가 100%다. 정신적으로 성장한다는 것, 어른다운 어른이 된다는 것은 나의 100%가 99%를 거쳐서 점점 비율이 줄어 마침내 0%와 100% 사이를 자유롭게 오갈 수 있는 경지에 도달하는 것이다.

어떤 때는 내가 100이지만 어떤 때는 0이다. 어른이 되어 성숙하다는 것은 나의 100이 남에게는 0으로 받아들여질 수 있음을 인정하고 겸손해지는 것이다. 그래서 성숙한 사람이 갖추어야 할 필수 조건이 유연성이다. 이와 반대로 완고함은 미숙함의 대표적인 증거다.

부부싸움도 나의 100%와 너의 100%가 맞붙는 작은 전쟁이다. 그럴 때 한 사람이라도 유연성을 가지고 나의 100이 언제든 너의 0일 수 있음을 기억한다면 말을 멈추고 상대 이야기를 들어줄 수 있다. 그리고 상대의 100 중 인정할 수 있는 1 또는 10을 발견한다. 거기에 살짝 나의 100을 감해 인정해줄 때 놀라운 화해의 장이 열리기 시작한다. 상대도 나의 이런 반응에 부합하는 말과 행동을 할 가능성이 높다. 화목한 부부란 싸움이 없는 부부가 아니라 잘 싸울 줄 아는 부부다.

모든 대인관계의 갈등과 다툼도 결국 나의 100%와 그의 100%가 벌이는 전쟁이다. 유연함이 있고 없음에 따라 싸움은 서로를 죽이는 참극으로 변하기도 하고, 비온 뒤 땅이 굳는 아름다운 인연으로 발전하기도 한다.

나이가 들면 딱딱한 이가 빠지고 부드러운 혀와 잇몸만 남는다. 완고하고 경직된 마음을 벗고 자유롭고 유연해지라는 상징이다. 언제나 나의 100%는 너의 0%일 수 있다. 이 진리를 깨닫는다면 어느새 내 주위에 사람들이 있을 것이다.

외로운 사람은 다 이유가 있다. 나는 지금 외로운가, 사람들과 함께인가. 한번쯤 내 주위를 둘러보며 나의 유연성을 되돌아볼 일이다.

"네 뒤에는 내가 있잖아"

의존해야 독립할 수 있다

"하늘에는 별이, 땅에는 꽃이, 내 가슴엔 아들이! 네 뒤에는 엄마가 있고 아빠가 있다!" 중학교에 들어가기 전까지 아침이면 아들 방으로 가 팔베개를 하고 아들에게 말했다. 아빠의 이야기를 들으며 깨는 아들은 가끔 "내 가슴엔 아빠가!" 하는 말로 기분 좋게 해주었다. 하루도 빠짐없이 하다 보니 아들도 이 말을 자명종 삼았다. 네 뒤에 언제나 아빠가 있다는 걸 아이 가슴속에 새겨주고 싶은 작은 의식이었다.

날마다 그런 말을 한 것은 내가 어린 시절에 아버지에게 들었던 한마디 때문이다. 내가 초등학교 1학년 때 아버지는 우리 다섯 남매를 불러놓고 말했다.

"미안하지만 아버지는 돈도 없고 백도 없다. 그러니 너희 앞날은 너희가 열심히 노력해서 헤쳐나가야 한다."

그날 밤 잠이 오지 않았다. 내 뒤에 아버지가 있을 거라고 믿었는데 하늘이 무너지는 기분이었다. 더럭 겁이 났다. 이제 내가 잘못하면 나는 끝이라는 공포가 밀려왔다. 아버지의 말이 어린 내 삶을 불안하게 만들었다. 감당하기에 너무 어린 초등학교 1학년 아들에게 덜컥 독립하라는 말을 한 셈이니 무섭고 버거웠다.

그래서인지 몰라도 내가 아이를 낳으면 적어도 초등학교 다닐 때까지는 네 뒤에 아빠가 있다는 말을 해주고 싶었다. 그런 이유로 아침마다 아들 침대로 가서 아빠가 있다고 들려주었다. 아들을 위해 하는 소리 같았지만 사실은 어린 시절 떨고 있던 나에게 해주는 소리였다. 내가 위로받는 기분이 들기도 했다.

사람이 태어나면 세상에서 가장 취약한 존재가 된다. 그럴 때 든든한 존재는 아이에게 심리적 안정감을 준다. 그 자리에 있어야 하는 것이 부모다. 그리고 그 역할은 최소한 아이 나이가 두 자리 숫자가 될 때까지는 지속되어야 한다. 초등학교 3학년까지는 든든한 울타리로서 부모가 자리해야 한다. 그래야 아이는 안심하고 부모의 품을 조금씩 벗어나 세상으로 씩씩하게 나아가는 발걸음을 내딛게 된다.

독립으로 가는 길의 출발점에는 완전한 의존이 있어야 한다. 의존은 네가 없으면 안 된다는 느낌이다. 의존이 충분히 이루어지면 의지하는 마음이 생긴다. 의지는 네가 없어도 되지만 있으면 더 좋다는 느낌이다. 의지 다음에 오는 것이 독립이다. 독립은 네가 없어도 된다는 것이다. 우리 인생은 의존에서 시작해 의지를 거쳐 독립으로 나아가는 여정이다. 그래서 더욱 첫 의존이 중요하다.

부모는 자녀의 든든한 믿는 구석이어야 한다. 그런 구석이 있어야 아이는 당당해지고 미래에 대한 불안을 견딘다. '내 뒤에는 엄마가 있고 아빠가 있다.' 이런 믿음이 무엇을 하든 자신 있게 해나갈 힘이 된다. 중학생이 된 아들은 가끔 확인한다. '내 뒤에 아빠 그대로 있는 거지?' '그래, 언제나 네 뒤엔 아빠가 있을 거야.' 아들은 점점 자랄 것이다. 지금의 의존이 의지를 거쳐 독립이 될 것이다. 불안이 세대를 거쳐 대물림될 필요는 없다. 불안은 나에게서 멈추고 싶다. 아들의 독립을 위한 안전하고 튼튼한 발판이 되고 싶다.

"그게 너야"

네 속에 내가 있다

암자에 살면서 자동차를 자주 씻었다. 차 안 먼지를 털고 밖을 물로
닦으면 기분이 좋았다. 일주일에 한 번 정도 그렇게 세차했는데 그때
마다 멀리서 스님의 탐탁해하지 않는 시선이 느껴졌다.

어느 날 반짝반짝 빛나는 차를 몰고 한 가족이 왔다. 차가 유난히
반짝이는 비결을 물었더니 매일 세차를 하고 주말에는 세 시간씩 차
안팎 먼지를 모두 없앤단다. 어린 아들 신발의 흙이 묻을까 봐 차 안
바닥에는 신문지가 여러 장 이어져 있었다. 아내와 아들은 차 타는
게 제일 큰 스트레스라고 했다. 조금이라도 흙이 묻거나 발자국이 나
면 아빠의 잔소리가 무섭게 이어진다고 했다.

어느 날에는 남편이 집 앞에 주차하고 출근했는데 우박이 내렸다.
남편이 급하게 전화를 해 우박이 오는데 어떻게 했느냐고 물었다. 어

리둥절한 아내가 어떻게 해야 하냐고 되물었고, 남편은 담요라도 가지고 나가 덮어야 할 게 아니냐며 화를 냈다. 아내는 기가 막혔다. 다 함께 차를 마시며 이 가족의 이야기를 듣는데 부럽기만 하던 그 차가 부담스러워졌다. 함께 차를 마시던 스님이 슬쩍 나를 보며 나지막하게 말했다.

"그게 너야!"

그 말에 정신이 들었다. 정도가 약했을 뿐 그 모습이 내 모습이었다. 그날 이후로 차 닦는 빈도가 눈에 띄게 줄었다.

사람은 자기가 지금 무엇을 하고 있는지 알기 어렵다. 그것을 알게 해주는 가장 쉬운 방법이 있다. 나보다 훨씬 크게 일을 벌이고 있는 사람을 보여주면 된다. 절에서 내려와 결혼하고 태어난 아이가 중학생이 되었다. 아들은 유독 운동화에 관심이 많았다. 몇 십만 원을 훌쩍 넘어 몇 백만 원이나 하는 운동화가 있다는 걸 처음 알게 되었다. 운테크라는 말도 있었다. 운동화로 재테크를 한다는 뜻이다. 아파트 추첨되듯 운동화도 유명 브랜드의 한정 판매에 당첨되면 몇 십 만원에 사서 몇 배를 받고 되파는 일이 흔했다.

어쩌다 몇 십만 원 하는 운동화를 한두 켤레 사던 아이가 어느 날 동네에서 머리부터 발끝까지 명품으로 도배하고 걸어가는 청년을 보고 깜짝 놀라 나에게 말했다.

"아빠, 저 형 운동화가 얼마짜리인 줄 알아?"

"아니."

"오백만 원도 넘어."

문득 스님이 했던 말이 떠올라서 아들에게 똑같이 말했다.

"그게 너야!"

어리둥절해하는 아이에게 아빠가 절에서 들었던 스님 이야기를 들려주었다. 그 후 신기하게도 아들은 명품 운동화에 대한 애착에서 조금 자유로워진 것 같다. 명품 형을 보면서 아마 자신을 보았던 것 같다.

나에게 처음 상담을 가르쳐주셨던 선생님은 제일 먼저 이상심리를 공부하라고 했다. 이상심리란 일상을 벗어난 이상한 심리를 가진 사람의 심리다. 제일 먼저 이상한 것을 공부하라니 이유가 궁금해 물었다. 왜 정상심리를 먼저 공부하지 않고 이상심리를 먼저 공부해야 하는지. 선생님의 대답은 스님의 말과 똑같았다. "그게 바로 너니까."

이상심리학을 공부해보니 모든 이상한 심리마다 내가 조금씩 묻어 있었다. 우울증을 공부할 때는 가끔씩 우울했던 내가 묻어 있었고, 강박증을 공부할 때도 어떤 면에서 강박적인 내가 묻어 있었다. 모든 증상에는 반드시 나의 모습이 정도 차이만 있을 뿐 고스란히 묻어 있었다. 그제야 그게 바로 너라는 선생님의 이야기가 귀에 들어왔다. 내가 가진 문제 성향이 커지면 환자라는 것을 알게 되었다. 그러니 나는 언제든 환자가 될 가능성이 있는 예비 환자였다.

나보다 심한 사람을 볼 때 나를 볼 수 있는 눈이 혜안이다. 그런 혜안을 가지고 살면 더 건강하고 편안한 일상을 살 수 있다.

"결과는 내 것이 아니다"

과정만 내 것이다

"아빠, 욕심이 뭐야?"

텔레비전에서 낚시 프로그램 〈도시어부〉를 보는데 아들이 물었다. 학교 숙제란다. 화면에는 해외로 나가 배낚시를 하는데 잡히지 않자 짜증내는 모습이 클로즈업되고 있었다. 아들에게 그 장면을 보며 말했다.

"지금 이경규 아저씨가 고기가 안 잡힌다고 짜증을 내잖아. 그런다고 고기가 잡힐까? 안 잡힐까?"

"안 잡히지!"

"그렇지. 아무리 원해도 고기가 잡히고 안 잡히고는 고기 마음이지 내 마음대로 되는 일이 아니잖아. 그게 욕심이야. 내 마음대로 되지 않을 일을 되길 바라는 마음."

"그럼 아빠가 책을 쓰고 베스트셀러가 되길 바라는 마음도 이경규 아저씨 마음이랑 같은 거야?"

아이쿠, 아들이 아픈 곳을 건드렸다. 아들 말에 고개를 끄덕였다. 가만 생각하니 그 마음이나 이 마음이나 욕심이다. 고기의 마음이나 책을 고르는 독자 마음이나 내 마음대로 안 되는 건 같다.

〈도시어부〉를 보면 욕심이 무엇인지 알 수 있다. 늘 물고기가 나오던 포인트로 선장이 안내했지만 종일 한 마리도 못 잡을 수 있다. 반대로 물 반 고기 반이란 말처럼 정신없이 물고기가 올라오기도 한다. 이럴 때 필요한 일은 마음을 비우는 것이다. 결과에 대한 욕심을 내리고 담담히 입질을 기다려야 한다. 결과는 용왕님의 뜻이고 물고기의 마음이기 때문이다.

결과는 나의 것이 아니다. 그러나 수시로 싱싱한 미끼로 갈고 포인트를 향해 던져 조금이라도 입질할 가능성을 높이는 노력은 해야 한다. 결과는 나의 것이 아니지만 과정은 나의 것이기 때문이다. 그러므로 내가 할 일은 그저 과정에 충실한 것뿐이다.

그 후 아들이 시험 준비를 하며 스트레스를 받기에 욕심을 알려주기에 좋을 때다 싶었다. 아들에게 물었다.

"시험을 볼 때 욕심이 뭘까?"

욕심에 대해 아빠에게 들었던 것이 있어 잠시 생각하더니 말했다.

"공부는 적게 했는데 점수는 잘 받으려고 하는 거?"

아들에게 말했다.

"아빠 생각에는 공부를 적게 했건 많이 했건 상관없이 점수를 잘 받으려고 하면 그게 욕심인 것 같아. 왜냐하면 이경규 아저씨가 아무리 열심히 미끼를 갈고 낚싯대를 던져도 고기가 안 물 수 있잖아. 아빠도 아무리 열심히 책을 써도 책 살 사람 성향이랑 안 맞으면 안 사는 거잖아. 그것처럼 네가 아무리 열심히 공부해도 시험이 공부한 것에서 안 나오거나 아주 어려우면 점수가 낮을 수 있잖아. 그러니까 결과는 내 것이 아닌 거지. 내 것이 아닌 걸 내 것으로 만들려고 하면 그게 욕심이지."

아들이 듣더니 고개를 끄덕이며 혼잣말로 말했다.

"그래. 결과는 내 것이 아니네."

'맞아 결과는 내 것이 아니야. 과정만 내 거지.'

아빠도 속으로 혼잣말을 했다.

살다가 스트레스를 받았다면 내 것이 아닌 결과를 내 것으로 만들려고 했기 때문이다. '진인사대천명'은 이런 원리를 압축한 말이다. 내가 하는 일에 최선을 다하는 것만이 내가 할 수 있는 일이고, 나머지는 내 손을 벗어나는 일이라 하늘의 뜻을 기다릴 수밖에 없다. 그래서 준비할 뿐이다. 이것이 욕심을 내려놓은 초연한 모습이다.

아들은 이제 시험 준비를 하면서 훨씬 스트레스를 적게 받는다. 나도 책을 쓰면서 훨씬 스트레스를 덜 받는다. 아들이나 나나 결과는 나의 것이 아니며 과정만이 내 것이라는 것을 알기 때문이다. 과정만이 내 것이다. 결과는 나의 것이 아니다.

"걔들 이란성쌍둥이예요"

슬픔과 분노는 쌍둥이다

앵커 : 소장님 슬픔과 분노랑 관련이 있나요?

서원 : 아, 슬이랑 노아요?

앵커 : 네?

서원 : 슬이는 슬픔, 노아는 분노를 말하는 거예요. 저는 그렇게 불러요.

앵커 : 네에…….

서원 : 걔들 이란성쌍둥이예요.

앵커 : 그래요? 왜요?

서원 : 소중한 걸 잃으면 슬이가 와요. 슬픔이 오는 거죠. 그리고 소중한 걸 뺏기면 노아가 와요. 분노가 오는 거죠. 둘 다 소중한 것을 상실하면 나타나는 쌍둥이입니다.

꽃이 지면 슬이가 오고요. 누가 내 꽃을 꺾으면 노아가 오는 거지요. 내가 어쩔 수 없이 잃느냐, 누가 잃게 하느냐에 따라 슬픔이 오기도 하고 분노가 오기도 하죠.

앵커 : 아, 그래서 쌍둥이라고 하시는군요.

서원 : 맞아요. 그리고 슬이가 오면 눈에 물이 나고요. 노아가 오면 눈에 불이 나요.

앵커 : 아하하하. 정말 그러네요. 눈에 불이 나네요, 하하하.

서원 : 하하하, 그래서 눈물도 흘리고요. 눈에 쌍심지도 켜지요.

앵커 : 그럼 소장님, 쌍둥이인 슬픔과 분노를 잘 다스리려면 어떻게 하면 좋을까요?

서원 : 다스리려고 하지 말고 슬이와 노아가 왜 오는지를 봐야죠.

앵커 : 원인을 보라는 말씀인가요?

서원 : 네 맞아요. 원인이죠. 둘 다 오는 이유가 같잖아요.

앵커 : 그러네요. 소중한 것을 상실한다.

서원 : 그러니까 내게 소중한 것이 무엇인지를 보아야 해요. 코로나19 때문에 내 건강이 위태롭잖아요. 그럴 때 누가 와요? 슬이가 오죠. 소중한 것을 잃었는데, 어쩔 수 없이 잃었으니까요. 그런데 누가 마스크를 벗고 내 앞에서 기침을 해요. 그럼 누가 와요? 노아가 오죠. 내 건강을 **빼앗으려** 하니까요. 그래서 알아차리는 거죠. 아, 나는 '건강'을 소중히 여기는 사람이구나 하고.

앵커 : 아, 이해가 되네요. 그러면 슬픔이나 분노가 덜해지나요?

서원 : 아니요. 당장은 울 건 울고 화낼 건 화내야죠. 그런 다음에 덜하게 되죠. 하지만 내가 왜 울고 왜 화내는지 본질을 분명히 알아야 해요. 그래야 앞으로는 예상이 되지 않겠어요? 아, 지금 내가 소중히 여기는 것이 곧 없어질 테니 슬이가 오겠구나. 슬이가 오면 눈에 물이 생기겠구나. 반대로 아, 누가 지금 내가 소중히 여기는 걸 뺏으려 하네. 눈에 불이 나며 노아가 오겠구나 하고 예상이 된다는 거죠. 그럼 슬이랑 노아가 내 주인이 되는 걸까요, 내가 주인이 되는 걸까요?

앵커 : 내가 주인이 되는 건가요?

서원 : 맞습니다. 내가 슬이랑 노아의 주인이 되는 거죠. 이제 주인이 된 나는 슬이를 위로하고 노아를 다독일 수 있죠. 일종의 통제권이에요. 통제권자가 되면 소중한 것을 상실하고도 슬이랑 노아를 보살필 수 있어요. 다르게 말하면 내가 슬이랑 노아의 엄마라는 걸 잊지 않는 거죠.

앵커 : 아, 저는 통제권이란 말보다 엄마라는 말이 더 와닿네요.

서원 : 그래서 제가 운영하는 한국분노관리연구소 로고를 엄마가 아이를 품은 이미지로 만들었어요. 엄마 품에 안긴 아이는 감정이에요. 슬이도 되고 노아도 되고, 또 다른 애도 다 나라는 엄마가 품어야 할 감정이라는 자식들인 거지요.

앵커 : 네, 소장님 오늘도 귀한 말씀 잘 들었습니다. 감사합니다.

서원 : 그래요, 내 안의 서원 님 고생 많으셨어요. 가끔 이렇게 대

담하니 즐거운데요.

앵커 : 네. 저도 이렇게 하니까 정리가 되고 좋네요. 출연을 기꺼이 해준 내 밖의 서원 님 고맙습니다.

서원 : 네, 고맙습니다.

"일어나는 이 마음이 무엇인고?"

화가 나면 화를 보고, 기쁨이 생기면 기쁨을 본다

불 위에 올린 주전자를 보고 있으면 물이 끓어 넘칠 일이 없다. 지켜보고 있지 않기 때문에 끓어 넘치는 것이다. 내 마음속의 화도 주전자의 물과 같다. 내 화가 어떻게 끓기 시작하는지 처음부터 지켜보고 있으면 화가 사람과 세상을 향해 난폭한 모습으로 표출되지 않는다.

내가 보고 있지 않기 때문에 나도 모르게 내 속의 말과 행동이 거칠어지다가 격렬하게 상대와 세상을 향해 쏟아진다. 화가 나서 어쩔 수 없었다는 말은 결국 주전자 물이 끓어 넘쳤다는 말이다. 내 마음에 대한 주의가 소홀했다는 것이다. 세상에 어쩔 수 없는 일은 없다. 모두 방심해서 일어나는 일이다.

아마 화에 대해 처음으로 깊이 들여다보고 말한 철학자는 세네카일 것이다. 그는 화는 사건이 아니라 사건을 보는 시선, 곧 해석에서 온다는 통찰을 이미 천여 년 전에 내놓았다. 지금도 변함없이 적용되는 진리다. 세네카는 항심, 즉 끓지도 차갑지도 않은 마음을 강조했다. 그러기 위해 늘 내 마음을 살펴보라고 했다. 옳은 말이다. 마음이 들끓는 소리를 들을 줄 아는 마음의 귀를 가지면 작은 열기에도 화재경보기가 작동한다.

세네카의 이야기를 가장 잘 실천하는 직업이 있다. 수도자이다. 수도원과 선방에서 수녀, 수사, 스님은 날마다 마음을 살핀다. '일어나는 이 마음이 무엇인고? 스러지는 이 마음이 무엇인고?' 작은 마음의 소리에도 귀를 기울이고, 작은 감정의 동요에도 눈을 크게 뜨고 바라본다. 그래서 수행하는 수도자의 걸음은 언제나 고요하며 눈빛은 평화롭고 자태는 안정되어 있다.

화가 나면 화를 보고, 기쁨이 생기면 기쁨을 본다. 그리고 '화평!'이라고, '평화!'라고 나지막하게 속삭인다. 그러면 언제 끓었느냐는 듯이 잦아든다.

세속에 사는 우리도 마음 하나만 내면 스님, 수녀, 수사가 될 수 있다. 꼭 종교인이 되어야 수도자가 되는 것이 아니다. 머리가 길어도, 결혼을 해도, 수도와 관련 없는 직업을 가져도 언제든 수도자가 될 수 있고 수행자로 살 수 있다. 그저 지켜보는 마음을 내면 된다.

내 마음 속 흐름을, 내 감정의 결을 지켜보면 된다. 그것이 전부다. 더도 없고 덜도 없다. 우리 마음의 평화는 만사 일이 잘될 때 오는 것이 아니라, 어떠한 일이 있어도 내가 주의의 끈을 놓지 않을 때 온다.

　일이 내 마음의 평화를 가져오는 것이 아니라 보느냐 놓치느냐에 따라 온다. 그저 지켜보면 된다. 다만 볼 뿐인데 세상이 달라진다. 수많은 이들이 간단한 이 일을 몰라서 못 하거나 알아도 안 하고 있다는 건 얼마나 놀라운 일인가.

"좋을 때는 너를 알 수 없어"

지치고 화났을 때 진짜 모습이 드러난다

사람의 진짜 모습을 알려면 두 경우를 보면 된다. 지쳤을 때와 화났을 때이다. 이때는 이성이 작동하지 않고 익숙한 습관이 나온다. 습관은 특정 상황에서 오랫동안 일관되게 느끼던 감정과 그에 따르는 행동으로 이루어져 있다.

집에 아무도 없다. 나는 지금 몹시 지쳐 있다. 이때 나는 무엇을 하는가? 그리고 어떤 기분인가? 이것이 나의 진짜 모습이다. 길을 가다 만만해 보이는 누군가와 부딪친다. 화가 치밀이 오른다. 이때 나는 어떤 말과 행동을 하는가? 이것이 나의 진짜 모습이다. 나를 조절하고 통제하는 아무런 힘이 작동하지 않을 때 익숙한 진짜 내가 모습을 드러낸다.

여유 있을 때나 기분이 좋을 때는 그 사람이 누구인지 알 수 없다.

이성이 작동하여 얼마든지 자신을 좋게 포장하고 통제할 수 있다. 연애 초기에 사람을 제대로 보지 못하는 이유이기도 하다. 서로 좋은 기분으로 말과 행동을 하기 때문에 본 모습을 판단하기가 힘들다. 내가 좋아할 모습으로 연극할 수 있다는 것을 간과한 채 상냥하고 친절하며 배려심이 깊은 사람으로 오해한다.

그렇게 오해하고 막상 결혼 후에 이런 사람인지 몰랐다며 한탄한다. 정말 몰랐던 걸까? 아니다. 그 남자 또는 그 여자는 변한 것이 없다. 내가 보지 못했을 뿐이다. 그 사람을 좋게만 본 내 안목의 부족이 나를 궁지로 몰아넣은 것이다.

나의 부모가 어떤 사람인지 알고 싶다면, 부모가 지치고 화났을 때 어떻게 행동했는지 떠올려보면 된다. 내가 어떤 사람인지 알고 싶어도 방법은 같다. 나는 지치고 혼자 있을 때 어떻게 행동하는가? 화가 났을 때 어떻게 행동하는가? 그 행동이 늘 비슷한가? 그렇다면 그것이 바로 나다.

부모에 대해 더 깊이 알고 싶다면, 왜 지치고 화났을 때 그런 행동을 하셨는지 생각해보아야 한다. 그 안의 상처를 상상하는 것이다. 우리 부모는 어떤 상처를 가졌기에 어김없이 이런 자극이 방아쇠가 돼 분노를 폭발시켰을까? 나는 또 어떤 상처가 있기에 늘 같은 자극에 방아쇠가 당겨질까? 이것을 이해하면 깊이 부모를 이해하고 나를 이해하게 된다.

사람은 상처를 싫어하는 존재다. 그리고 한 번 입은 상처는 반복하고 싶어 하지 않는다. 그래서 비슷한 자극에 예민하게 반응한다. 그 사람의 상처와 분노를 격발하는 방아쇠를 알게 되면, 지치고 화났을 때 왜 그런 말과 눈빛과 행동을 하는지 이해하게 된다. 그리고 그린 행동이 적정 수준이라서 괜찮은 사람이 나에게 좋은 사람이다. 내가 감당할 수 있는 행동을 해야 함께 지낼 수 있기 때문이다.

만약 아니라면? 사람은 변하기 어렵다는 말로 답을 대신해야겠다. 예로부터 동서고금을 막론하고 인사가 만사다. 진짜 모습이 괜찮은 사람과 살아도 짧은 게 인생이다. 인연을 잘 취사선택하고 살아야 짧은 내 인생이 살 만해진다.

2부

生

[날 생]

나다, 살다, 기르다,
서투르다, 사람, 삶

"소주가 있었잖아요"

나를 살리는 말

산소주님은 빨간 딸기코가 도드라진 60대 후반 아저씨였다. 술김에 아내를 때려 가정폭력남편 집단상담에 참여했다. 집단상담에서는 참여자들을 이름 대신 별칭으로 불렀다. 산소주님은 하루도 빠지지 않고 소주를 마신다며 별칭을 산소주로 지었다.

그는 고아 출신으로 여덟 살 때부터 술을 마시기 시작해 지금까지 술을 마셨다. 말을 할 때 발음이 웅얼거려 알아듣기 힘들었다. 상담을 진행하는 내내 산소주님의 말을 알아들으려고 갖은 에너지를 다 썼다. 겨우 맥락을 보고 말을 알아듣기 시작했다.

열두 번 열리는 집단상담에서 네 번째 날이었던 것 같다. 상담실 바깥에서 큰 소리로 다투는 산소주님 목소리가 들렸다. 상담은 대학교 교수 회의실을 빌려 열리고 있었다. 미리 와 있던 다른 남편들과 복도로 우르르 나갔더니 젊은 여교수와 산소주님이 큰 소리로 말싸움을 하고 있었다. 복도를 지나가다 부딪쳤는데 술에 취해 있던 산소주님이 다짜고짜 교수에게 쌍말로 욕을 했던 것이다.

들어보지 못한 말에 교수가 흥분했고 사과하라고 요구했다. 그러자 산소주님은 더 심한 욕으로 되받아치던 참이었다. 큰 싸움이 일어나기 직전이었다. 깜짝 놀란 상담소장이 여교수를 한쪽으로 데려가 사정사정하고, 나는 얼른 산소주님을 데리고 건물 밖으로 나왔다. 오늘은 술을 마시고 와서 상담이 안 되니 집으로 가시라 했다.

간신히 택시를 불러 돌려보내고 오니 싸움 구경을 했던 남편들이 난리가 났다. 상담할 때는 몇 마디 안 하고 얌전하기만 하던 양반이 고래고래 소리를 지르며 온갖 욕설을 하는 걸 보고 모두 놀랐기 때문이다.

다음 주 산소주님이 상담실에 들어왔을 때 남편들은 기다렸다는 듯 쓴 말들을 쏟아냈다. "형님, 술 마시니까 완전 사람이 아니드만. 술 끊어요." "아, 진짜 사람이 180도 확 바뀝디다. 몇 천만 원 물을 뻔했다니까."

동생뻘 되는 사람들 말에 산소주님은 고개를 숙이며 기억나지 않는다는 말만 반복했다. 옆자리에 앉았던 나는 그런 산소주님이 한없이 작아 보여 마음이 아팠다. 내가 산소주님에게 물었다.

"산소주님, 지금까지 살면서 내가 힘들고 어려울 때 내 말을 들어준 누가 있었어요?"

산소주님은 나를 올려다보며 고개를 저었다.

"없었어. 한 명도 없었어."

산소주님 이야기를 듣자 나도 모르게 눈물이 나왔다. 나는 산소주님 손을 잡으며 천천히 말했다.

"있었잖아요!"

산소주님이 다시 고개를 저으며 없었다고 말했다.

"소주가 있었잖아요! 머리 검은 짐승들은 다 나를 외면하고 배신해도 소주가 있었잖아요. 내 곁에서 같이 울어주고 속도 알아주고."

내 말에 산소주님은 고개를 끄덕이더니 얼굴이 벌게졌다. 이어서 내가 말했다.

"그런데, 그놈 나쁜 놈 아니에요? 난 내 시간 주고 돈 주고, 인생까지 다 줬는데 왜 날 이렇게 더 힘들게 하냐!"

산소주님이 꿀꺽 마른침을 삼켰다. 상담실 안은 쥐죽은 듯 조용해졌다. 시작한 지 10분도 되지 않았는데 한 분이 "아이쿠, 좀 쉬었다 합시다"라고 말했다. 나와 산소주님만 남고 모두 복도로 나갔다. 산소주님과 나는 말없이 허공만 바라보았다.

다음 주가 되었다. 산소주님이 환한 얼굴로 상담실 문을 열고 들어와 내게 손을 내밀었다. 어리둥절하며 내민 내 손을 꼭 잡고 산소주님이 말했다.

"내가 그놈한테 안 졌어. 한 주 동안 한 잔도 안 마셨어!"

그 순간 귀를 의심했다. 하늘이 열리는 기분이었다. 하루도 빠지지 않고 육십 평생 마시던 소주를 한 주 동안 한 잔도 마시지 않았다는 건 기적이었다. 곁에 앉았던 사람들이 박수를 쳤다. 그날 이후 상담을 마칠 때까지 산소주님은 거짓말처럼 한 잔도 술을 마시지 않았다.

누가 나에게 25년 동안 상담을 하면서 가장 짜릿한 순간을 꼽으라면 난 주저 없이 산소주님과 악수하던 순간을 떠올릴 것이다. 그놈에게 안 졌다는 말이 가장 감동적인 말이었다. 그 후로 여러 번 왜 산소주님이 평생 마시던 술을 적어도 6주 동안 마시지 않았을까 생각했다.

이유는 하나였다. 술에 대해 좋게 말한 최초의 한 사람을 만났기 때문이다. 모든 사람이 술을 마시지 말라며 술을 욕했고, 술을 끊어야 할 수백 가지 이유를 댔고, 술을 끊지 못하는 그를 비난했다. 그런데 한 사람이 힘들고 괴로울 때 곁을 지켰던 일등공신으로 술을 인정해주고 긍정해주었다. 그 순간 그는 꽁꽁 빗장을 걸어두었던 마음의 문을 활짝 열었다. 술을 알아주고 나를 알아준 사람에게 굳게 닫혔던 문이 열린 것이다. 그리고 마침내 나를 알아준 이의 말을 자신의 마음에 깊이 담았다. 그 결과 술을 마주할 힘이 생겼고 술에게 지지 않는 날을 맞을 수 있었다.

누구나 잘못한 사람을 욕하기는 쉽다. 그러나 아무나 잘못한 사람을 긍정하기는 어렵다. '소주가 있었잖아요.' 지금껏 나의 상담은 산소주님을 만나기 전과 후로 나눌 수 있다. 그 후 수많은 문제를 가진 사람을 만나고 있다. 그때마다 모든 사람에게는 소주가 있다는 것을 본다. 소주가 긍정되는 순간 소주를 마시지 않게 된다는 걸 알게 되면서 상담도 한 폭 깊어졌다. 사람을 죽이고 나서 살릴 수는 없다. 먼저 살리면 그가 알아서 죽일 걸 죽인다. 살리는 것이 언제나 먼저다.

"진짜 무서운 건 물이 아니야"

압록강은 우리를 잊지 않았다

요즘에는 북녘이 고향인 분을 상담으로 만나곤 한다. 탈북민이라는 말은 내려온 분에게도 듣는 우리에게도 이질감을 주는 말이라 상담할 때는 '북쪽이 고향인 분'이라고 불러드리면 훨씬 편안해한다.

얼마 전 가정폭력남편 집단상담에서 북쪽이 고향인 분을 만났다. 자기소개를 하던 이분은 압록강을 건너 가족이 중국으로 넘어가던 이야기를 하다 왈칵 눈물을 쏟았다. 둘째 아이는 엄마 배 속에 있었고, 첫째 아들은 여섯 살이었다. 국경수비대에 들키면 현장에서 바로 사살될 수 있었다. 그래서 여섯 살 난 아이에게 어떤 일이 있어도 강을 건너는 중에 입 밖으로 소리를 내면 안 된다고 수없이 일러두었다.

수영을 못 하는 아내라 아내의 손목과 자신의 손목을 끈으로 묶어 연결하고, 여섯 살배기 아들을 품에 안은 채 칠흑 같은 밤에 강을 건

너기 시작했다. 얕은 곳을 골라 건너던 중 빨라진 물살에 그만 아내가 밑으로 떠내려갔고 안고 있던 아이를 놓쳤다. 아이가 몇 번이나 물속에 들어갔다 나오는 순간 아버지는 아들의 입을 막고 눈을 보면서 소리를 내지 말라고 숨죽여 강하게 말했다. 아들은 공포에 질린 얼굴로 얼어붙었다.

천신만고 끝에 모두 압록강을 건넜고 중국을 거쳐 한국에 온 네 가족은 이제 정착한 지 10여 년 되었다. 아들은 그 후로 물만 보면 공포에 질렸다. 바다나 강에 가면 공포를 견디지 못하고 눈물을 쏟아냈다. 아버지는 마음이 아팠지만 세월이 지나면 나아지겠지 생각하고 먹고살 길을 찾느라 바쁜 세월을 보냈다.

그런데 중학생이 된 아들은 서서히 아버지와 눈을 피하고 대화를 하지 않으려 했다. 그런 아들에게 아버지는 남한에 가족이라고는 우리밖에 없는데 왜 아버지를 피하느냐며 나무랐다. 그것을 보던 어머니가 아이 편을 들다 싸움이 벌어졌고 그만 가정폭력으로 신고되어 상담에 오게 되었다. 아버지는 어떻게 해야 아들과 대화를 잘 할 수 있는지 궁금해했다. 하나밖에 없는 가족, 그 가족을 위해 목숨을 걸고 넘어온 남한인데 아들과 서먹하니 사는 낙이 없다고 했다.

아버지에게 혹시 압록강을 건널 때 겪은 일을 아들과 이야기해보았느냐고 물었다. 아버지는 절대 그 이야기는 하지 않으려 한다고 했다. 이야기해봤자 아들도 힘들고 자기도 힘들 게 뻔하고, 아무 해결도 안 될 텐데 왜 끝난 일을 들추어야 하느냐고 반문했다. 나는 이렇게 말해주었다.

"아빠와 아들은 압록강을 잊었어도, 압록강은 아빠와 아들을 잊지 않았어요."

아버지는 그 말에 충격을 받아 한동안 말을 잇지 못했다.

"아들이 정말 무서웠던 건 죽을 수도 있었던 시커먼 압록강 물이 아니라 물에 들어갔다 나왔다를 반복하면서도 비명을 지를 수 없었던 침묵이었습니다. 그 침묵을 지금이라도 풀어내지 않으면 아들은 영원히 공포 속에서 살아야 합니다."

아버지가 울기 시작했다. 죽음의 공포보다 무서운 건 침묵의 공포였다. 아버지도 인정할 수밖에 없었다. 다행히 아버지는 아들을 목숨처럼 사랑하는 용기 있는 사람이었다. 그가 눈물을 닦으며 말했다.

"알겠습니다. 선생님 말씀이 옳습니다. 집에 돌아가면 아들과 이야기를 나누겠습니다."

다음 주에 아버지는 환한 얼굴로 상담실에 들어왔다. 아들과 이야기를 하고 한참을 부둥켜안고 울었다고 한다. 아내도 영문도 모르는 여동생도 함께 울었다. 그리고 아들은 이전과 다르게 밝아지기 시작했고 아버지에게 말문도 열었다. 이 모든 게 기적 같아서 아버지는 고맙다는 말을 몇 번이나 했다.

침묵은 때로 죽음보다 무섭다. 공포를 나누고 표현할 수 있을 때 우리는 비로소 살맛이 난다. 이제 아버지와 아들이 잊은 압록강도 서서히 이 아버지와 아들을 잊어가고 있을지 모른다. 기쁜 일이다.

"좋긴 한데 왜 긴장되지"

눈은 진보적이고 귀는 보수적이다

　처음 산속 암자에 들어온 며칠 동안은 밤에 잠이 오지 않아 뒤척였다. 사방은 고요하고 산새 울음소리 그윽한데 쉬이 잠이 오지 않았다. 공기도 맑고 시끄러운 소리도 나지 않아 세상모르고 잠이 들겠다 싶었는데 정반대였다. 그러다 서울에 몇 가지 물건을 가지러 간 날에는 꿀잠을 잤다. 바깥은 차 경적과 사람 소리로 시끄러웠는데 도리어 마음이 편하고 잠이 쏟아졌다. 산속에 들어가 살기 전 오랫동안 들어왔던 소음이 어느새 귀에 익숙해져 깊은 잠을 자게 했다는 것을 그때 처음 알았다.

　그런데 몇 년 산에 살다 보니 신기하게도 서울로 나오면 잠이 오지 않았다. 그 사이 산속에서 고요가 주는 편안함에 익숙해졌는데 소음으로 깼다. 우리 몸은 머리의 말을 듣지 않고 감각의 말을 듣는다.

귀는 보수적이라 익숙한 것을 편안해한다. 몸도 귀의 말을 들어 익숙한 소리에 편안함을 느낀다.

그래서일까. 라디오 FM 음악방송을 오랫동안 듣다 보면 전에 들었던 팝송, 들었던 가요를 반복해서 들려준다. 지난주에 들었으니 다른 방송을 들어야겠다는 마음이 드는 것이 아니라 도리어 라디오 주파수를 고정시킨다. 귀는 역시 보수적이다. 어느 방송사 사장님을 사석에서 만나 이 사실을 확인했다. 라디오 방송에서는 우리나라 사람이 가장 즐기고 좋아하는 팝송과 가요 천 여 곡을 계속 반복해 들려주는 전략을 쓴다는 것이다. 그러면 고정 팬이 생기고 그 방송의 선곡이 좋다는 평이 계속 올라온다고 한다.

우리 귀가 보수적이라면 눈은 진보적이다. 보았던 풍경을 계속 보면 질려 한다. 눈은 늘 새로운 것, 신선한 것을 찾는다. 그래서 라디오와 달리 텔레비전의 프로그램은 새로운 장면, 신선한 이야기로 메워진다. 어디선가 본 듯한 풍경과 모습이 나오면 시청자들은 지루하다며 채널을 돌린다. 새로운 것을 추구하고 신선한 소재로 시청자들에게 다가서야 시청률이 오른다.

현실에서도 눈은 늘 새로운 것을 찾아 어디론가 떠나고 싶어 한다. 봄이면 벚꽃을 찾아 떠나고, 여름이면 파도를 찾아 떠나고, 가을이면 단풍을 찾아 떠나고, 겨울이면 흰 눈을 찾아 떠난다. 해외여행을 꿈꾸는 것도 눈이다. 그곳에 가면 한 번도 보지 못한 예쁜 하늘과 푸른 바다, 새로운 얼굴의 사람들과 낯선 건물을 본다. 눈이 호강하면 몸도 들뜨고 덩달아 마음도 행복해진다.

그런데 가족여행을 외국으로 가면 기분은 좋은데 몸이 바짝 긴장된다. 새로운 나라에 와서 신기한 풍경을 보면 그저 좋아야 할 텐데 왜 이렇게 긴장되는지 알 수 없었다. 몇 년이 지나고 이유를 알았다. 귀 때문이었다. 보수적인 귀가 힘들어 하는 것이다. 공항에 내리자마자 들려오는 낯선 소리와 외국어는 이방인의 귀를 긴장시킨다. 눈은 즐겁지만 귀는 긴장하고 있으니 몸이 어정쩡해질 수밖에 없다.

저녁 무렵 숙소에 들어가면 그제야 긴장이 누그러진다. 텔레비전을 켜서 우리나라 말로 된 뉴스나 드라마를 보거나 휴대폰으로 익숙한 SNS에 접속하여 익숙한 소리를 들으면 긴장이 스르르 사라진다. 그 후로 낯선 나라나 새로운 곳을 여행할 때는 익숙한 음악을 듣기 시작했다. 비로소 몸이 편해지고 눈도 마음껏 호사를 누리게 되었다.

우리 몸에서 신선하고 새로운 것을 좋아하는 눈이 진보당이라면, 익숙하고 편안한 것을 좋아하는 귀는 보수당이다. 진보당과 보수당이 각자 원하는 것을 추구하게 하면 된다. 이것이 요즘 일상을 더 편안하고 즐겁게 살아가는 나만의 비결이 되고 있다. 진보적인 눈에 새로움을, 보수적인 귀에 익숙함을 선물하면 좀 더 즐길 수 있다.

"청기 올려, 백기 올려"

우리는 달라서 서로가 필요하다

　제주도 주민 대상의 부부캠프에서 한 부부가 선녀와 나무꾼으로 별칭을 지었다. 그 이유를 묻자 우린 사소한 문제 하나만 빼고 아무 이상이 없기 때문이라고 했다. 이 부부는 너무 정의로운 남편이 문제였다. 남편은 중식당에 가서 단무지에 머리카락이 하나 나오면 주방장과 주인을 불러냈고, 급기야 탕수육까지 무료로 얻어먹고 나와야 직성이 풀리는 정의의 사나이였다. 사 온 양말의 코가 조금 나와 있으면 양말을 사온 쇼핑몰에 가 양발 한 꾸러미를 받아냈다.

　그러다 보니 집안 제사를 지내러 가다가 제주도에 여행 온 렌터카가 끼어들면 제주 끝 성산포까지라도 경적을 울리며 따라가 마침내 사과를 받아내곤 했다. 그 바람에 몇 번은 제사에 늦거나 아예 가지 못한 적도 있다고 한다.

이런 남편에 비해 아내는 좋은 게 좋은 거라며 그냥 넘어가자는 주의였다. 머리카락이 나와도 일부러 그랬겠냐며 치우고 먹으려 했고, 양말코에 문제가 있으면 그 양말만 바꿔주면 감사해했다. 렌터카가 끼어들면 그런가 보다 하고 남편에게 그냥 보내주고 가자고 했다. 이렇게 너무 정의감이 투철한 남편과 매사 좋은 게 좋은 아내다 보니 사사건건 부딪쳤다. 아내 눈에 남편은 너무 까다로운 사람이었고, 남편 눈에 아내는 너무 물러빠진 사람이었다.

아내가 "아, 좋은 게 좋은 거 아니에요?" 하고 말하니 남편이 발끈했다. "바로 이런 정신머리로 사니까 제주도가 발전을 못 하고, 대한민국이 발전을 못 하는 거예요!" 아웅다웅하는 부부를 보자 만화영화 〈톰과 제리〉를 보는 것 같아 웃음이 나왔다. 나는 부부에게 별칭을 바꾸라고 했다. 청기남편과 백기아내로.

예전에 전자오락실에 가면 청기백기 게임이 있었다. 남편은 늘 문제 있다고 청기를 올리니 청기남편이고, 아내는 그냥 넘어가자고 백기를 올리니 백기아내다. 부부는 딱 어울리는 별칭이라며 바로 바꾸었다.

이제 청기-백기 부부에게 처방전을 낼 차례였다. 부부에게 말했다. "청기와 백기를 기준으로 보면 남편-아내 조합이 청기-청기, 청기-백기, 백기-청기, 백기-백기 부부가 있겠죠. 우리 부부는 이 가운데 청기-백기부부예요. 그런데 만약 우리 부부가 청기-청기 부부였으면 어떻게 됐을까요? 아주 무서운 사람이 모는 렌터카를 따라가 부부가 같이 핏대를 올리고 욕을 하다가 도리어 험하거나 끔찍한 일을 당했을 수도 있죠." 내 말에 캠프에 온 모든 부부가 고개를 끄덕이며 크게 웃었다.

이어서 다른 조합에 대해서도 말했다. "만약 우리 부부가 백기-백기였다면 억울한 일을 당하면서도 참고 넘어가니 둘 다 그만 울화병에 걸려 병원에 다녔을지도 몰라요. 또 백기-청기 부부였으면 어떻게 되었겠습니까? 남편은 제사를 지내러 가려는데 아내가 렌터카를 따라가라며 남편을 몰아세웠으면 얼마나 난처하고 곤혹스러운 상황이 되었을까요?"

청기-백기 부부는 고개를 끄덕이며 수긍했다. 결론을 말했다. "두 분은 천생연분입니다. 아내는 남편의 생명을 지켜준 은인이고, 남편은 아내가 정신병원에 가지 않도록 해준 은인입니다." 마지막으로 주의사항을 일러주었다. "앞으로 아내는 남편이 무슨 문제를 이야기할 때 가만히 계십시오. 그러면 남편 열이 내려갈 겁니다. 그리고 남편은 아내가 가만히 있으면 자각하고 열을 좀 내리십시오. 남편은 아내의 히터역할을 하시는 거고, 아내는 남편의 쿨러 역할을 하시면 아무 이상이 없습니다."

주의사항을 듣고 부부는 눈을 껌뻑이며 의아한 표정으로 물었다. "이야기를 들으니 우리 부부가 천생연분이라는데, 왜 지금까지 싸운 거죠?" 부부에게 이유를 설명해주었다. "지금까지는 서로 청기와 백기의 고마운 점을 보지 않고 나쁜 점만 보았습니다. 백기아내는 청기

남편이 너무 열을 내니 잘못이라고 보았고요. 또 청기남편은 백기아내가 너무 항복하니 잘못이라고 보았지요. 그런데 이제부터는 고마운 점을 보게 된 거죠. 우리 남편이 저렇게 화내서 내가 못내는 걸 대신 내주는구나. 우리 아내가 저렇게 참아줘서 그나마 더 큰 일이 안 일어나는구나. 지금까지는 나쁜 점만 보니 지옥으로 산 것이고, 이제부터는 고마운 것만 보니 천국에서 살게 되겠죠."

참가한 부부들의 따뜻한 박수를 받으며 청기백기 부부가 머리를 긁적이며 꾸벅 고맙다는 인사를 했다. 서울로 돌아오고 몇 주 후 한라봉 한 박스가 택배로 왔다. 발신인에는 '천생연분 청기백기 부부 올림'이란 글이 적혀 있었다.

"한 번만 더 깨우면 죽을 줄 알아"

나의 허기는 너로 채울 수 없다

남편집단상담 참가자 가운데 무역이란 별명을 가진 분이 있었다. 무역업에 종사하고 있어 별칭을 그렇게 지었다. 무역님은 못 말리는 바람둥이였다. 환갑을 바라보는 나이지만 언제나 영국 신사처럼 옷을 잘 차려입었다. 부드러운 말투로 호감을 샀던 무역님은 젊은 시절부터 수많은 여자들과 연애를 했다.

결혼 후 제대로 바람을 피운 여자는 일곱 명도 안 된다고 했다가 다른 참가자들의 부러움이 담긴 야유를 받았다. 소위 선수였던 무역님을 집단상담에 참여한 남자들은 부러워하기도 하고, 짐승 같다며 노골적으로 싫어하기도 했다.

그러던 그가 어느 날 어두운 얼굴로 상담 시간 내내 말이 없었다. 마칠 시간이 30분도 남지 않았을 때 무역님이 자기 부부 상담을 좀 해달라 청했다. 무역님의 아내는 지금껏 귀신처럼 무역님이 여자를 만날 때마다 찾아내 머리채를 잡고 싸움을 하던 무서운 존재였다. 그러던 아내가 어젯밤 새벽에 들어가니 코를 골며 자고 있었다. 평소 같으면 두 눈을 시퍼렇게 뜨고 또 어떤 여자랑 놀아나다 왔냐고 멱살을 잡았을 텐데, 이렇게 코를 골며 자고 있으니 무역님 기분이 이상했다.

그토록 이런 날을 기다려왔건만 막상 아내가 자고 있으니 허전하고 허망했다. 아내를 흔들어 깨웠다.

"여보, 나 왔어."

부스스 깬 아내는 남편을 노려보며 말했다.

"오든 말든 상관없으니 깨우지 마. 이제 나 한 번만 더 깨우면 죽을 줄 알아!"

그러고는 다시 자기 시작했다. 무역님은 그만 기분이 묘해져 잠을 못 이루고 뒤척이다 상담을 왔다.

가만히 무역님을 보며 물었다.

"그토록 아내 간섭 없는 자유로운 연애를 꿈꾸던 분이 춤이라도 추셔야지 왜 그러셨을까요?"

어리둥절해하는 무역님에게 아내가 그런 이유를 설명해주었다.

"무역님, 제가 부부상담을 오래 하다 보니 여자 마음이 사계절을 타는 걸 알게 되었어요. 남편이 마음에 들지 않는 행동을 하면 제일 먼저 여자 마음은 봄이 됩니다. 봄에 아지랑이가 올라오듯 짜증이 올라오지요. 그래서 짜증 섞인 불평을 쏟아냅니다. 그런데도 남편이 달라지지 않으면 여자 마음이 여름이 됩니다. 펄펄 끓는 물처럼 한바탕 전쟁을 불사하지요. 큰 싸움이 나고, 너 죽고 나 죽자는 심정으로 결사적으로 남편을 바꾸려 하지요.

그래도 남편이 달라지지 않으면 여자의 마음은 가을이 됩니다. 쓸쓸한 바람이 불어 낙엽이 떨어지듯 남편에 대한 기대가 내려앉으면서 내 팔자가 서글퍼지는 거지요. 그런데도 남편이 변하지 않으면 여자의 마음은 겨울이 됩니다. 시베리아 벌판에 삭풍이 몰아치듯 휑하니 마음을 휩쓸어가 얼음 덩어리가 됩니다. 이젠 아무것도 바라지 않고 남편에 대해서도 마음의 문을 완전히 걸어 잠급니다. 어떤 남보다 못한 남편이 되는 거지요.

지금 무역님 사모님은 겨울이 막 시작되었습니다. 이제 큰일 났네요. 그래서 지금 그걸 딱 느껴서 기분이 묘했던 거예요. 이게 뭔가 싶어 저에게 상담을 해달라고 한 거고요."

무역님은 고개를 끄덕이며 "아이고 이게 다 자업자득이지 뭐" 하며 쓸쓸한 표정을 지었다. 다른 남자들도 한참 말이 없었다. 자기 아내 마음이 어느 계절인지 헤아려보느라 멍하니 허공만 쳐다보고 있었다.

바람둥이 남편을 고치려고 30년 넘게 애써왔던 무역님 아내가 깨달은 건 아마 내 마음의 허기를 채울 수 있는 건 남편이 아니라는 사실이 아니었을까. 마침내 그것을 깨닫는 순간 마음은 짜증과 분노와 슬품의 봄, 여름, 가을을 지나 겨울이 된 것이 아니었을까. 그런데 겨울이 꼭 나쁘기만 할까. 이제 남편을 마음에서 접은 후, 내가 나를 기쁘고 즐겁게 할 싹을 틔우는 봄이 온다는 소식일 수도 있지 않을까.

내 마음의 허기를 채울 수 있는 건 남편이 아니라 나 자신이라는 걸 깨닫는 데 30년이 걸리다니. 그러나 그 30년은 헛되지 않을 것이다. 새로 눈부신 봄이 무역님 아내를 기다릴 수도 있으니까.

서로의 허기를 채우기 위해 결혼한다면 그것은 결혼이 아니라 필요에 따른 결합에 불과하다. 내가 나의 허기를 채우면서 상대의 허기를 채워주는 것이 영혼의 만남인 결혼이다. 오랜 허기 끝에 겨울을 맞은 무역님의 아내를 보며 결합이 아닌 결혼의 의미를 돌아볼 수 있었다. 그나저나 그 뒤로도 무역님은 바람둥이로 계속 살고 있으려나. 아내는 새로운 봄을 보내고 있으려나. 문득 무역님 부부가 궁금해진다.

"108가지 방법을 써도 안 되더라"

여부와 정도가 신뢰를 만든다

"108가지 방법을 써도 안 되더라고요. 정말 5년 동안 사람이 할 수 있는 방법은 다 써봤는데도 저를 계속 의심하는 거예요. 그래서 마지막으로……."

외도를 의심하는 아내를 때려 집단상담에 참여한 남편이 하소연했다. 때리면 그만할까 싶어 때렸더니 이젠 때리기까지 하냐고 신고해 이 자리에 오게 되었다고 했다. 아내의 의심으로 폭력을 썼다가 온 남편이 이 집단상담에 여러 명 있었다. 의심받는 남편들이 의심을 벗어나기 위해 쓴 방법들을 이야기하기 시작했다. 그 종류가 뷔페 음식처럼 다양했다. 하지만 어느 하나 성공한 방법이 없었다.

남편들이 가장 많이 쓰는 방법은 화내는 거였다. 자기 결백을 주장하면서 큰소리치고 화를 낸다. 다음으로 많이 쓰는 방법은 알리바이를 증명하는 것이다. 언제 어디서 누구를 만났는지 그때 만난 사람이나 가게 영수증 등으로 바람피울 여건이 되지 않았음을 입증한다. 통화내역 증명서를 떼서 보여주기도 한다. 하지만 이런 방법은 하나같이 실패하고 만다.

아내의 의심을 벗어나기 위해 노력하는 남편들에게 미안한 이야기지만 이런 방법들은 실패할 수밖에 없다. 바람피우지 않은 것을 증명하는 데 에너지를 쏟는 한 백전백패다. 아내가 의심을 통해 원하는 것은 따로 있기 때문이다. 의심은 다른 말로 불신이다. 믿지 않는다는 것이다. 불신의 반대는 신뢰다. 신뢰가 어떻게 형성되는가를 알면 아내의 의심을 벗어날 열쇠를 손에 넣을 수 있다.

최초로 신뢰가 생기는 것은 어린 시절에 엄마를 통해서다. 여기에는 두 가지 경로가 있다. 우선 배가 고픈데 젖을 주지 않으면 신뢰가 생기지 않는다. 아무리 울어도 엄마가 젖을 주지 않으면 아이는 엄마가 내가 원하는 것을 주지 않는다는 걸 알게 되고 엄마를 믿지 않게 된다. 원하는 것을 주지 않아 신뢰가 형성되지 않는 거다. 다르게 말하면 원하는 걸 줄 때 신뢰가 형성된다. 이것은 원하는 것을 주느냐 주지 않느냐 '여부'의 문제다.

의심하는 사람의 어린 시절 경험을 물어보면 대부분 어릴 때 부모에게 사랑을 제대로 받지 못했다는 이야기를 한다. 이 말은 자신이 원할 때 부모가 원하는 것을 해주지 않았다는 말과 같다. 그러니 원하는 걸 받았느냐 받지 않았느냐의 여부가 어릴 때 신뢰 형성에 큰 영향을 미친다는 뜻이다.

어른이 돼서도 마찬가지 원리가 작용한다. 원하는 걸 원할 때 얻지 못하면 사람에 대한 신뢰가 생기지 않는다. 어릴 때도 부모가 원하는 것을 원할 때 해주지 않았는데, 결혼하고도 남편이 내가 원하는 것을 제때 해주지 않으면 불신이 생기는 건 당연하다.

두 번째 경로는 '정도'의 문제다. 내가 원하는 걸 원할 때 주기는 하는데 너무 적게 준다면 속이 상할 수밖에 없다. 또 원하지 않는데 너무 많이 주면 이 또한 속이 상할 수밖에 없다. 맞벌이로 평소 나를 돌보지 않던 엄마가 돈이 생기면 필요하지도 않는 돈을 주면서 마음껏 하고 싶은 것을 하라고 한다. 이럴 때 아이는 엄마에게 신뢰가 생기지 않는다. 언제 어떻게 줄지 가늠할 수 없기 때문이다. 아예 주지 말든지, 주면 적당하게 주든지. 원하는 걸 얻어도 너무 적거나 너무 많아 일정하지 않을 때 신뢰가 형성되지 않는다. 정도가 적절해야 신뢰가 생긴다.

아내의 의심을 벗어나는 열쇠는 '여부'와 '정도'를 충족시켜주는 것이다. 아내가 원하는 것을 원하는 때에 원하는 만큼 주면 된다. 아내가 원하는 것은 남편이 바람을 피우지 않는 것이 아니다. 바람을 피우지 말고 나에게 관심과 사랑을 달라는 것이다.

아내가 정말 원하는 것은 남편의 사랑이다. 나를 예쁘게 봐주고 돌보고 사랑해주기를 원한다. 그것을 남편들이 모른다. 가끔 의심에서 벗어나는 남편을 보면 백이면 백 이 방법으로 성공한다. 아내가 원하는 것을 알아내고 원하는 때에 원하는 만큼 주는 노력을 한다. 일단 아내와 함께 있는 시간을 의심받을 때보다 더 많이 가진다. 그래야 원하는 것을 원하는 때에 원하는 만큼 줄 물리적 여건이 된다.

다음으로 아내를 관찰해서 아내가 놀러가고 싶어 하면 얼른 가까운 동네 공원이나 마트라도 함께 가서 즐거운 시간을 가진다. 그리고 거친 말투도 부드럽게 바꾼다. 조금 더 다정한 남편이 되는 것이다. 그러한 노력을 일관되게 몇 달 하다 보면 아내의 의심이 거짓말처럼 줄고 부부 금슬도 좋아지기 시작한다.

108가지 방법이 통하지 않아 109번째 방법으로 아내를 때렸다는 남편은 집단상담을 다섯 번쯤 마쳤을 때 기쁜 소식을 알려왔다. 집 안에 갇혀 답답해하는 아내에게 소형 중고차를 사 주고 함께 장을 보고 놀러가는 노력을 했더니 거짓말처럼 아내의 의심이 사라지기 시작했다는 소식이었다.

첫 시간에 진행자인 나에게 들었던 '여부'와 '정도'가 정답인 것 같다고 고마움을 전했다. 마침내 110번째 방법이 통했던 거다. 유레카! 이후 이 남편은 여부와 정도의 전도사가 되었다. 지금 이 시간에도 아내의 의심을 받는 남편이 있다면 부적으로 써서 전하고 싶단다. 한 장에는 여부, 다른 한 장에는 정도라고 빨갛게 써서.

"밥 굶지 말라고"

사람 속에 천당이 있다

어느 마을에서 나쁜 짓만 하다 부자가 된 사람과 부자는 못 되었지만 착하게 산 사람이 같은 날 저승에 갔다. 염라대왕은 나쁜 짓을 한 사람에게는 지옥을, 착하게 산 사람에게는 천당을 가도록 했다.

천당에 가게 된 사람은 마음의 여유가 생겨 염라대왕에게 지옥을 한 번 따라 가 구경을 해도 되겠느냐고 했다. 염라대왕의 허락을 받아 지옥 구경을 갔는데 아름다운 들판에 꽃들이 만발했다. 놀라 돌아온 그가 왜 저기가 지옥이냐고 물었다. 그러사 염라대왕이 웃으며 말했다.

"자랑할 사람이 없잖아."

지옥이 저 정도니 천당은 얼마나 좋을까 싶었다. 천당에 갔더니 마음씨 좋은 몇 사람이 앉아 웃고 있었다. 돌아와서 다시 염라대왕에게 물었다. 천당이 이게 다냐고. 그러자 염라대왕이 말했다.

"자네 뭘 잘못 알고 있는 거 같은데, 천당 속에 좋은 사람이 있는 게 아니라 좋은 사람 속에 천당이 있는 거야."

지옥과 천당이 이러하다면 우리가 꼭 죽어야 지옥과 천당에 가는 것이 아니다. 살아서도 얼마든지 지옥에 살고 천당에 살 수 있다. 아무리 호화로운 집에 살아도 기쁜 소식을 나눌 사람이 없고, 힘든 마음을 알아줄 사람이 없다면 살아 있는 지옥, 곧 생지옥이다. 비록 남루하더라도 좋은 사람과 마음을 나누며 살아간다면 살아 있는 천당이다. 막히면 지옥, 통하면 천당이다.

몇 해 전 우연한 기회에 평생 기업 총수의 운전을 하며 살아온 운전기사를 만났다. 다시 태어나면 기업을 운영하는 자리에 있고 싶으냐고 물었더니 전혀 그럴 마음이 없다고 단호하게 말했다. 큰 부자들의 삶이 부럽지 않으냐고 다시 묻자, 처음 몇 달만 그런 마음이 있었단다.

그러면서 30년 넘게 여러 총수들을 모시고 운전을 하다 보니 깨달은 게 하나 있다고 했다. 제일 큰 부자는 좋은 집과 좋은 차를 가진 돈 많은 사람이 아니라 보글보글 된장찌개 끓여주고 믹스커피 마시며 두런두런 이야기 나누는 좋은 아내를 둔 사람이라는 거다. 가족들이 서로를 믿지 못하고 거액의 돈을 더 많이 차지하려고 형제들이 싸우는 부자는 겉만 보면 천당이지만 속은 지옥일 수 있다. 넉넉한 돈은 없어도 고생하는 남편을 알아주고, 아이들끼리 의좋게 지내면 겉으로는 돈이 없어 불쌍한 가족일지 몰라도 속은 천당일 수 있다.

지옥과 천당을 결정하는 것은 돈의 유무가 아니라 관계의 질이라는 것을 깨닫는 데 30년이 걸렸다는 기사님 이야기를 듣고 문득 내가 직장에 사표를 내던 날 아침에 아내가 했던 말이 떠올랐다.

남편이 잘 다니던 대학교에 사표를 내면 아내로서는 당장 먹고살 일이 막막했을 것이다. 며칠을 뜬눈으로 보낸 아내는 사직서를 양복 주머니에 넣고 출근하려던 나를 식탁에 앉게 하고는 퀭한 눈으로 물었다.

"여보, 꼭 내야겠어요?"

잠시 숨 막히는 정적이 흘렀다. 고개를 끄덕이는 나를 물끄러미 보던 아내가 잠시만 기다리라며 안방으로 들어가더니 하얀 봉투를 들고 나왔다. 식탁 위에 봉투를 올려놓았다. 뭐냐고 묻자 열어보라 했다. 봉투 속에는 만 원짜리 신권 열 장이 들어 있었다. 놀란 눈을 한 나에게 아내가 나지막하게 말했다.

"오늘 사표 내고 나면 허전할 거 아녜요. 밥 굶지 말라고."

눈물이 핑 돌았다. 아내는 말을 이었다.

"우리 시간강사로 다시 시작해요. 처음부터 교수 아니었는데 뭘. 그리고 오늘 사표내고 나오면서 뒤도 돌아보지 말고 나와요. 사람 못 알아보는 학교는 돌아볼 필요도 없어. 얕은 물에 어떻게 큰 배를 띄우겠어."

이전까지 나는 아내가 나와 결혼을 잘 했다고 생각했었다. 하지만 이 순간부터 나는 내가 좋은 여자와 결혼했다는 걸 깨달았다. 그 순간 나는 천당에 있었다. 학교를 나온 후 날마다 가슴에 품고 다닌 천당 보증수표는 밥 굶지 말라는 아내의 말이었다. 주문처럼 그 말을 가슴에 품고 머리에 새겼다.

그날 아침 아내의 말 한마디는 지금까지 나를 살리는 말이었다. 얼마 전 그때 어떻게 그런 말을 할 수 있었느냐고 묻자 아내는 웃으며 말했다.

"그럼 어떡해요. 내기로 했다는데, 내 남편이."

다시 한 번 '내 남편이'라는 보증수표 한 장이 추가되었다. 학교를 나오고 난 후 별로 형편이 나아지지 않았지만 괜찮다. 나는 지금 아내라는 천당에 살고 있으니까.

"가서 뭐해?"

자식은 일이 생겨야 즐겁고, 부모는 일이 없어야 즐겁다

열다섯 살 아들은 어디 가자고 할 때마다 묻는다. "가서 뭐해?" 한 강에 산책 가자고 해도, 할머니 보러 가자 해도, 잠깐 외출하자 해도 똑같이 묻는다. 그 말을 듣는 순간 속에서 짜증이 올라온다. '하긴 뭘 해? 그냥 가는 거지!' 한마디 쏘아붙이고 싶지만 꿀꺽 삼킨다. 겨우 출발하는 아들의 얼굴이 어두워졌다. 고개를 숙이고 신발에 무거운 돌을 넣은 것처럼 터벅터벅 걷는다. 가기 싫어 죽겠다는 표정이다.

마흔에 결혼해 아이를 낳았다. 아이와 나이 차이가 마흔이다 보니 세대차이가 컸다. 40년을 먼저 살다 보니 아이 나이 때 내 마음이 어 땠는지 기억이 나지 않는다. 그러다 보니 이렇게 함께 외출할 때마다 아이 마음이 도무지 이해가 되지 않아 짜증이 났다.

아내와 둘이 걸을 때는 즐겁기만 한 산책길이 아들을 억지로 데려

가면 김이 샜다. 흥이 빠져 중간쯤 가다 돌아오면서 후회했다. '내가 다시 같이 가자고 하나 봐라!'

돌아오는 길에 나의 20대를 더듬어 떠올려보았다. 그러자 지금과 전혀 다른 풍경이 떠올랐다. 20대로 대표되는 인생 전반전에는 색다른 일, 신기한 일, 재미난 일이 없으면 그 시간은 무미건조하고 죽은 시간이었다. 자극적이고 짜릿한 일이 있고, 거기에 내가 동참하여 참가할 때만 즐겁고 살아 있는 시간으로 변했다. 아무 일도 없다는 것은 지겹다는 말과 동의어로 견디기 어려웠다. 무료하고 심심한 것이 젊은 날의 가장 큰 고통이었다.

생각은 인생의 후반전이라 할 수 있는 40대 이후로 이어졌다. 40대 전에는 무슨 일이 생겨야 즐거웠는데, 40대가 되자 반대 현상이 나타났다. 30대를 지내면서 이런저런 일로 괴롭다 보니 40대가 되어서는 무슨 일이 없을 때 즐거움이 생겼다. 20대까지는 재미난 일이 있는 게 사는 낙인데, 40대 이후는 괴로운 일이 없는 게 사는 낙이었다.

50대로 접어들자 이런 낙이 더 커졌다. 아무 일 없이 햇살을 받는 게 이렇게 좋다니, 예전에는 몰랐다. 아무 탈 없이 가족이 저녁을 함께 먹을 수 있어 기쁘다. 별다를 것 없는 동네 길을 아내와 나란히 걷는 것이 이렇게 행복한 줄도 몰랐다.

그래서일까. 50대가 되자 20대 이전의 일을 까맣게 잊어버리고, 모든 사람의 행복은 아무 일도 일어나지 않는 데서 온다고 착각하기에 이르렀다. 그런 착각을 한 대표적인 대상이 이제 열다섯 살이 된 아들이다. 그래서 엄마 아빠랑 같이 한강을 걸으면 아무런 재미도 없다고 이미 판단을 끝낸 아들을 강제로 같이 걷자며 등을 떠민 거였다.

여기까지 생각이 미치자 갑자기 아들에게 미안한 마음이 들었다. 싫은 아이를 억지로 데려온 내가 꼰대일지도 모른다 싶었다. '나라도 나오기 싫었겠다'는 마음이 들자 짜증나던 마음이 슬그머니 사라지면서 함께 나와준 아들이 오히려 대견했다. 그리고 고마웠다. 아들은 터벅터벅 걸으면서도 엄마 아빠 귀에 자기가 듣던 음악을 들어보라고 이어폰을 꽂아주었고, 엄마 아빠가 좋아하는 노래를 찾아 듣도록 해주었다. 그리고 슬며시 손도 잡아주었다. 걷는 게 하나도 재미없지만, 엄마 아빠가 이렇게 같이 걷자고 하니 함께해주는 아들이 오히려 부모보다 낫다는 생각이 들었다.

사람은 기억의 동물인 동시에 망각의 동물이다. 그때 옳았던 것이 지금은 틀리고, 지금 옳은 것이 그때는 틀리다. 그런데도 지금 옳은 것이 언제나 옳았다고 착각하며 산다.

자식 키우기가 힘든 이유는 자식의 눈높이로 돌아가기가 어렵기 때문이다. 부모의 시각으로, 부모의 선호로 아이에게 요구하고 듣지 않는 아이를 비난한다면 아이도 부모를 좋게 생각할 수가 없다.

'내가 저 나이 때는 어땠을까?' 하는 생각을 상비약처럼 부모 머리에 항상 넣고 다녀야겠다. 떠날 때 아들에 대한 짜증으로 시작한 산책이 돌아올 때쯤 슬그머니 미안함과 고마움으로 변했다.

"이거 진짜야?"

세계에서 사기범죄가 제일 많은 나라

3월 한강변. 벚꽃나무 두 그루가 활짝 꽃을 피웠다. 자전거를 타고 가던 일행 중 한 명이 외쳤다. "와, 벚꽃이다!" 곁의 사람이 말했다. "저거 가짜 아냐?" "에이, 진짜겠지!" "가짜 같은데!" 길가에 핀 벚꽃을 보면서도 가짜 아니냐는 말을 들으니 헛웃음이 나왔다. 얼마나 속고 살았으면 한강변 나무에 핀 꽃도 의심될까.

문득 20대 때 하숙하던 일이 떠올랐다. 회사원 형들이 천만 원 넘는 돈을 사기당해 하숙집이 발칵 뒤집혔다. 범인은 Y대 상대를 졸업했다고 사칭하며 하숙하던 사기꾼이었다. 사기꾼은 1년 가까이 하숙하면서 돈 없는 학생들은 제외하고 회사를 다니며 하숙하던 Y대 졸업생들과 친분을 쌓았다.

함께 운동을 하고 주말에 놀러도 가면서 자연스럽게 형동생 사이가 되더니 돈을 빌려 잠적해버렸다. 형들이 학교에 몰려가 졸업명부를 찾아보았더니 그런 이름은 없었다. 학교 구석구석을 알고, 캠퍼스 생활을 손바닥 보듯 훤하게 말하는 가짜에게 진짜 Y대 졸업생들이 감쪽같이 속아 넘어간 것이다. 그 후로 하숙집에는 새로 하숙생이 들어오면 혹시 가짜가 아닐까 의심하는 습관이 생겼다. 크게 피해를 본 형들은 이후 친절하게 구는 사람을 잘 믿지 못하게 되고 말았다.

전 세계 국가를 비교한 범죄통계를 보면 우리나라가 1등인 범죄가 있다. 바로 사기범죄다. 가짜를 진짜라고 속여 사기를 치는 사기범죄는 우리나라가 세계에서 가장 많은데, 100명당 1명꼴로 사기를 당하고 있다. 사기범죄가 많다는 말은 그만큼 사기범이 많다는 소리인 동시에 사기범에게 속는 사람이 많다는 소리다. 속는 이유는 현실에서 실제로 사기범이 말하는 사건이 많기 때문이다. 얼핏 생각하면 말도 안 되는 일이 비일비재로 일어나다 보니 사기꾼의 말에 솔깃한다.

네팔에 가면 히말라야 지역 루비를 파는 상인들이 한국 사람이다 싶으면 으레 외치는 말이 있다. "이거, 진짜 루비! 진짜 루비!" 얼마나 많은 한국 사람이 이거 진짜 루비냐고 물었으면 그런 말을 할까. 한국 사람을 뺀 외국인에게는 "루비! 루비!" 하고 판다.

오래전 프랑스 루브르 박물관에 갔던 선생님이 이런 이야기를 들려주었다. 한국 사람이 루브르 박물관에 가면 반드시 하는 소리가 있단다. "여기 있는 그림들 진짤까?" 그럼 두 부류의 사람이 생긴단다. "에이, 진짜를 여기 갖다 놓겠어. 진짜는 창고에 두고, 여긴 가짜를 가져다 놓은 거지" 하고 말하는 사람. 그리고 이렇게 말하는 사람.
"에이, 루브르인데 가짜를 가져다 놓았겠어? 진짜겠지."

이것이 진짜냐 가짜냐를 꼭 확인해야 직성이 풀리는 우리 문화의 특성은 집단무의식일 가능성이 크다. 워낙 많이 가짜에게 속고, 거짓말에 속으며 손해보고 인생을 망치며 산 적이 많다 보니 정신의 DNA로도 반드시 진짜인지 확인하라는 코드가 유전되어 오늘에 이른 것이 아닐까?

제도와 합리성으로 운영되는 사회일수록 사기범죄가 적다. 상식적이고 합리적으로 모든 일이 처리되는 환경에서는 편법과 특권을 사칭하는 사기범죄가 자리 잡기 어렵다. 비합리적이고 특권이 통하는 사회일수록 사기가 활개를 친다.

사기와 함께 융성하는 산업이 있다. 점집이다. 합리적 예측이 어려운 사회에서는 중요한 선택의 기로 앞에서 제도적 절차에 따르기보다 점집을 찾아 미래를 묻는다. 세계에서 점집이 가장 많은 나라도 우리나라일 가능성이 크다.

한강에 핀 벚꽃을 보고 진짜냐 가짜냐를 이야기하는 것은 슬픈 일이다. 꽃을 그저 꽃으로 볼 날을 기다린다. '친정어머니가 만든 순 진짜 참기름'이라고 말하지 않고 그냥 참기름이라고 말하는 날이 오길 희망한다.

"묶어놓는다고 부부가 되는 것이 아니다"

안심하기에 늘 이른 것이 부부 사이다

남편은 환갑이 넘은 버스기사다. 십여 년을 혼자 살다 지금의 아내를 2년 전에 만났다. 아내는 남편보다 연상이다. 전 남편과 사별하고, 이혼하고 혼자 사는 딸과 살아가려다 지금 남편을 만나 살림을 차렸다. 딸은 엄마가 늦은 나이에 낯선 아저씨와 합하는 게 싫어 끝까지 반대했다. 딸과 인연을 끊다시피 하고 지금 남편과 동거를 시작하다 보니 남편에 대한 기대가 무척 높았다.

남편은 당뇨가 심해 맵고 짠 것을 피했다. 그런데 아내는 고향이 내륙 지방이라 만드는 음식이 맵고 짰다. 두 사람이 처음 부딪친 것은 반찬 문제였다. 남편은 반복해서 반찬을 좀 싱겁게 만들어달라고 부탁했다. 하지만 아내는 평생 입에 익은 반찬을 싱겁게 하는 게 쉽지 않았다. 계속 맵고 짠 반찬이 식탁에 올랐다. 싸움이 계속되면서 남편은 외박이 잦아지고 밖으로 돌았다. 급기야 다른 여자를 만난다는 사실까지 아내가 알게 되었다.

큰 싸움이 난 후 사사건건 남편의 행동을 의심하고 구속하려는 아내로 변했다. 결국 잦아진 싸움을 보다 못한 이웃의 신고로 두 사람 모두 폭력부부가 되어 집단상담에 참가하게 되었다.

상담에서 아내는 남편에 대해 엄청난 불만과 분노를 쏟아냈다. 딸까지 버리고 온 나에게 이렇게 하면 절대 안 된다는 게 요지였다. 남편은 남편대로 반찬 하나 싱겁게 못 맞춰주면서 무엇을 바라느냐고 아내 탓을 했다.

두 사람은 법적으로는 혼인신고를 하지 않았기 때문에 사실혼 관계였다. 마음만 먹으면 언제든 갈라설 수 있었다. 그런데 아내는 절대 남편을 놓아줄 수 없다고 했다. 남편은 이런 아내와 헤어지고 싶어 했다. 이런 부부의 경우 현실적 해결 방법은 간단하다. 아쉬운 쪽이 우물을 파야 한다. 무엇이 옳고 그르냐는 교과서에나 통하는 원리이지 현실의 부부에게는 통하지 않는다.

평양감사도 싫으면 그만이라는 속담처럼 법적으로 묶여 있지도 않은 이 부부는 한 사람이 싫다면 같이 살 수 없다. 이럴 때는 어떻게 나한테 이럴 수 있느냐는 도리와 처신의 문제로 접근해서는 해결이 되지 않는다. 도망가려는 사람과 잡으려는 사람의 입장에서 해결 방법을 찾아야 한다.

아내가 지금 아쉬운 입장이다. 어쨌든 같이 살고자 하는 쪽은 아내

이기 때문에 먼저 아내가 남편이 원하는 것을 들어주는 것이 현명한 방법이다. 남편의 처신을 욕해봤자 남편의 마음이 점점 멀어진다. 반찬을 남편 바람대로 싱겁게 해야 한다. 정 싱거운 것이 먹기 싫다면 내가 먹을 건 당분간 따로 해먹으면 된다.

그런데 아내는 한사코 이를 거부했다. 부부가 무엇이냐, 내가 딸까지 버리고 왔는데, 나한테 사람으로서 이러면 안 된다는 이야기만 반복하며 조금도 물러서지 않았다. 결국 부부는 아내의 바람과 관계없이 헤어지게 되었다. 상담의 마지막에 서럽게 우는 아내를 보며 씁쓸한 마음이 들었다.

끝까지 남편 비난만 하며 자기에게 잘하기를 원하는 아내를 보면서, 겉으로 묶어둔다고 부부가 되는 것이 아님을 알 수 있었다. 서로 원하는 것을 해주지 않는다면, 그래서 겉뿐 아니라 속마음을 단단히 묶어두지 않는다면 언제든 돌아설 수 있는 위태로운 관계가 부부관계다.

설령 법적으로 혼인신고를 하고, 자식을 낳아 기르는 부부라 하더라도 내가 원하는 걸 배우자가 해주지 않는다고 원망하고 비난만 한다면 언제든 상대가 이 묶음을 풀고 달아나려 할 수 있다. 부부 사이, 도리만 이야기하기엔 너무 불안하고, 안심하기엔 늘 이른 사이다.

"당신만 힘든 줄 알지?"

문제는 비율이다

"끊지 마! 끊지 마! 내 말 끊지 말라고! 넌 왜 자꾸 내 말을 끊는데! 넌 너만 힘든 줄 알지? 나도 힘들어. 부장한테 당하고, 과장한테 깨지고. 그래도 악착같이 붙어서 안 잘리려고 간, 쓸개 다 던지고 사는 나도 있다고. 아, 진짜! 회사에서 힘든 거보다 집에 와서 너한테 맞추는 게 더 힘들어. 알아? 너하고 사는 나도 있다고!"

쥐꼬리만 한 남편 수입에 독박육아로 힘들어 하는 아내는 남편이 몰래 사둔 게임기를 발견하고 기가 막혔다. 너무 화가 나 남편 퇴근 시간에 맞춰 욕실 욕조에 게임기를 담그고는 샤워기로 물을 쏟아붓고 있었다. 퇴근한 남편이 집에 와 그 장면을 보고 눈이 뒤집혔다.

한바탕 설전이 오가다 남편이 쏟아낸 말이 내 말 끊지 말라는 것이었다. 티브이 드라마였지만 현실과 혼돈될 정도로 리얼했다. 이 집

건너 저 집에서 일상으로 일어나는 일이었기 때문이다.

사람은 누구나 자기가 제일 고생하는 줄 안다. 우리가 함께 하는 고생을 100이라고 한다면 가끔 100:0으로 나만 고생한다고 생각한다. 그리고 남이 아무리 많이 고생한다 해도 49밖에 되지 않는다고 여긴다. 반면에 나는 아무리 적게 고생한다 해도 51이고 조금이라도 높다. 고생하는 나와 남의 비율은 언제나 최소 51:49이다. 언제나 내가 더 높다.

부부 사이에 싸움이 나는 건 바로 그 2% 차이 때문이다. 게임기를 산 남편은 아내가 아무리 독박육아로 힘들다고 해도 회사에서 고생하는 자기가 2% 더 힘들다고 생각한다. 그래서 "넌 너만 힘든 줄 알지? 나도 힘들어!"라고 날선 말을 쏟아붓는다.

게임기를 욕조에 담근 아내는 남편이 아무리 회사에서 힘들다 해도 집에서 아이 육아와 살림으로 지쳐가는 자기가 2% 더 힘들다고 생각한다. 이 2%를 두고 서로 정반대가 된다. 결국 서로의 생각이 이럴 거면 이혼하자는 극단적 이야기까지 이어지는 게 현실 부부가 사는 모습이다.

2%가 갈등과 싸움을 가져오는 비율이라면 49%는 이해의 화목을 가져오는 비율이다. 51:49에서 공통은 49다. 즉 49%씩은 고생한다. 우리 둘 다 49%씩 힘들다. 내가 조금 더 힘들다는 차이점에 초점을 두지 않고 둘 다 힘들다는 공통점에 주의를 기울이면 나에게도 상대에게도 안됐다는 연민의 마음이 든다.

그래서 부부로 20년 이상 살면 돌아누운 남편 등을 보면 왠지 안쓰러운 마음이 들더라는 말이 나온다. 나도 애들 키우느라 고생이 많았지만 당신도 다람쥐 쳇바퀴 돌 듯 나간 회사 생활이 마냥 좋기만 했겠냐는 마음이 들기 때문이다. 이것은 2에만 초점을 두어 내가 억울하다고 생각하던 것이 20여 년을 지나면서 서서히 49를 먼저 살피고 우리 둘 다 힘들었다는 생각으로 옮겨간 것이다. 그렇다면 부부가 서로를 이해하고 사이좋게 지내는 데 꼭 20년 이상 걸릴 필요가 있을까? 2와 49의 원리를 알면 신혼이라도 바로 사이좋게 지낼 수 있지 않을까?

부부는 사람이 나빠서 싸우는 것이 아니라 서로 잘 지낼 수 있는 이치와 방법을 몰라 싸우는 경우가 대부분이다. 사람이 나쁘면 서로가 남편으로 아내로 선택했겠는가. 그래도 사람이 나쁜 건 아니라고 남편 흉을 보면서도 말하지 않는가.

부부가 함께 중식당을 운영하다가 싸움이 잦아져 내게 상담을 왔다. 상담실에서 부부는 서로 자기가 더 힘들다는 말을 하며, 배우자가 알아주지 않는다고 서운해했다. 남편은 주방장으로 일했고 아내는 홀에서 손님을 받았는데, 서로 자신이 더 힘들다고 주장했다. 맡은 일이 다를 뿐 두 사람 모두 힘들었다. 한여름에도 뜨거운 불 앞에서 음식을 만들면 힘들다. 온갖 불평을 늘어놓는 손님을 대하는 것도 힘들다.

상담을 받고 부부는 더 힘들고 덜 힘들고 전에 둘 다 힘들다는 공통점을 이해하고 받아들이게 되었다. 부부 사이가 조금은 편해졌다. 결국 문제는 비율이다. 관계에서는 49로 대표되는 공통점이 중요하다. 부부 화목의 답은 비율에 있다.

"아, 좋다"

덤덤에서 담담으로

인생에는 우리가 알 수 없는 두 가지가 있다. 앞으로 무슨 일이 일어날 것인가? 그 일이 좋은 일인가 나쁜 일인가?

젊어서 여자 문제로 속 썩이던 옆집 남편은 나이 들고는 아내를 끔찍이 아끼는 애처가가 되고, 외박 한 번 안 하던 우리 남편은 늦바람이 나 외박을 밥 먹듯이 한다. 공부 잘하던 옆집 아들은 고시에 번번이 떨어져 폐인이 되고, 공부 못하던 우리 집 아들은 유명 요리사가 되어 건물을 산다.

여든이 가까워오는 할머니가 우울감에 상담소를 찾았다. 살아 보니 모든 게 덧없어 요즘 우울하고 무덤덤하다며 어떻게 해야 좋으냐고 물었다. 몇 년 전 가족의 자랑이자 애지중지하던 맏아들이 과로로 세상을 떠나면서 불면증에 시달려왔다는 할머니는 이젠 좋은 일도 기쁘지 않고 안 좋은 일도 괴롭지 않다고 했다. 밖으로 나가는 일도 없이 멍하니 창밖만 바라보는 일상이 이어졌다. 무덤덤하다고 말하는 눈빛에 초점이 없었다. 덤덤은 공허한 마음에서 나오는 감정이다.

우리가 느끼는 감정을 크게 나누면 희로애락, 즉 기쁨, 화남, 슬픔, 즐거움이다. 기쁨은 계절로 말하면 봄의 감정으로 원하는 것을 얻으면 생긴다. 봄에 새파란 새싹이 올라오면 기쁨도 올라온다. 퐁퐁 솟아나는 좋은 기분이 기쁨이다. 어린 시절 우리가 주로 느끼는 감정도 기쁨이다.

여름의 감정은 뜨거운 화남이다. 원하는 것을 얻지 못하면 화가 난다. 젊은 날 우리가 자주 느끼는 감정이 화남이다. 뜻대로 안 되고 마음대로 안 돼 화나는 일이 많다.

슬픔은 가을의 감정이다. 낙엽이 떨어지듯 원하는 것을 잃을 때 슬픔이 생긴다. 복구할 수 없는 상실이 가져오는 감정이다. 중년에 우리는 슬픔을 많이 느낀다. 갱년기가 오면 곱던 피부에 주름이 지고, 수시로 속에서 열이 올라 울적해진다. 그러면서 내 안팎에서 중요한 무엇을 잃어버렸음을 느낀다.

즐거움은 겨울의 감정이다. 이런 기쁨, 화남, 슬픔의 감정이 우리 인생에서 순환된다는 것을 알고 잔잔한 즐거움이 생긴다. 더 이상 기쁨, 화, 슬픔에 일희일비하지 않으며 얽매이지 않는다. 중년까지 삶에서 그런 감정들에 잘 물들면 노년에는 즐거움을 느낄 수 있다.

노년에 느끼는 즐거움은 담담함이다. 기쁨, 화, 슬픔을 모두 느끼지만 거기에 얽매이지 않는 담백한 감정이다. 좋은 일에 기쁘지만 취하지 않는다. 나쁜 일에 화가 나지만 빠지지 않는다. 상실에 슬퍼하지만 슬픔의 늪으로 들어가지 않는다. 과하지도 않게 부족하지도 않게 느낄 뿐이다. 왜 사냐고 물으면 웃지요 하는 평온함이다.

담담함이 자칫 잘못하면 덤덤함이 된다. 담담함이 감정을 느끼되 얽매이지 않는 감정인 데 비해 덤덤함은 감정이 두려워 감정 자체를 느끼지 않으려고 회피하는 것이다. 감정을 회피하면 살아 있다는 실감을 가지지 못한다. 감정이 없는 삶은 인간의 삶이 아니다. 덤덤함이 문제가 되는 것은 감정 자체를 회피하기 때문이다.

해수욕장에 가면 더 이상 들어가지 말라고 표시한 부표가 있다. 노란색 부표는 파도가 없을 때 잔잔한 수면 위에 고요히 떠 있다. 그러다 파도가 높아지면 부표도 따라 높아진다. 그러다 파도가 잦아들면 부표도 다시 제자리로 돌아와 편안히 떠 있다. 이런 부표의 상태가 감정으로 말하면 담담함이다. 부표는 파도를 거부하지 않고 그대로 받아들인다. 그러나 파도보다 더 높이 뜨지도 않고, 파도보다 더 낮게 가라앉지도 않는다. 그래서 부표는 파도와 더불어 담담하다. 담담하기에 평화롭다.

덤덤한 할머니에게는 담담하게 되는 과정이 필요하다. 그러기 위해서는 부담 없고 가벼운 감정부터 경험할 필요가 있다. 감각경험은 이럴 때 유용한 감정 경험법이다. 오감으로 느낄 때 "아, 좋다!"고 말하면 되는 간단하고 쉬운 경험법이다. 봄바람이 살랑 뺨을 스칠 때

"아, 좋다!"고 하면 된다. 부드러운 옷감의 감촉에 "아, 좋다!"고 하면
된다.

감각경험을 조금씩 확장시키면 담담한 수준까지 갈 수 있다. 할머
니는 상담소를 둘러보다 "조명이 좋다"고 했다. 담담함이 시작되는
순간이었다. 덤덤에서 담담으로. 혹독한 인생이었지만 조금이라도
그 겨울이 즐거워지는 길이다.

"한 양동이로 물을 듬뿍 주어야 하는 나무예요"

사랑에는 에누리가 없다

개통령으로 알려진 반려견행동전문가의 유튜브 동영상을 보면 문제행동을 일으키는 반려견이 나온다. 또한 반려견의 행동을 걱정해 전문가의 도움을 의뢰한 보호자의 근심 어린 표정도 보인다. 보호자가 많이 저지르는 실수 중 하나가 한다고 하는데 충분히 하지 않는 것이다. 반려견이 밥 먹는 시간을 지키게 하고 싶다면 그 시간에만 밥을 주는 행동을 수없이 반복해야 하는데 보호자들은 몇 번만 하고는 반려견이 왜 자꾸 말을 듣지 않느냐고 묻는다. 그때마다 전문가의 조언은 같다.

"충분히 해주지 않으셔서 그래요."

안 해본 게 없다. 해볼 건 다 해봤다. 불화하는 부부들을 만나면 가장 많이 듣는 소리다. 안 해본 게 없이 해볼 걸 다 해봤는데도 안 된다면 포기하고 살거나 헤어지는 수밖에 없다. 그런데 정말 안 해본 게 없을까? 해볼 걸 다 해봤을까? 혹시 반려견의 보호자처럼 몇 번 해보고 성급히 저 사람은 안 된다고 단정 지은 건 아닐까?

작고한 소설가 최인호는 정원수에 물을 준 일화를 통해 충분한 사랑의 가치를 이야기한 적이 있다. 정원의 나무에 매일 물을 주었는데도 나무가 죽어갔다. 조경사를 불러 이유를 물었더니 물을 안 주어서라고 했다. 무슨 소리냐, 내가 매일 물을 주고 있다고 하자 조경사는 얼마나 주고 있느냐고 물었다. 한 바가지씩 주고 있다고 했더니 조경사가 웃으며 말했다. "이 나무는 한 양동이로 물을 듬뿍 주어야 하는 나무예요. 한 바가지씩 주면 안 주는 것만 못해요."

이 일을 겪고 최인호는 깊이 반성했다고 한다. 나무도 이런데 나는 우리 아이들에게 아이들이 원하는 만큼 사랑을 주었던가. 아이들이 나에게 원하는 사랑은 한 통인데 내가 한 바가지만 주면서 이만하면 애비노릇을 제대로 한 것 아니냐고 자족하지는 않았는가. 아내가 나에게 바란 사랑은 한 통인데 한 바가지만 주면서 생색내지는 않았을까.

내가 대학교에 몸담고 있었을 때는 찾아오는 학생이 많았는데 학교를 나오자 찾아오는 학생이 거의 없었다. 처음에는 야속하게 느껴졌다. 세월이 더 흐르고 왜 찾아오지 않을까 생각하니 답이 나왔다. 내가 학생들에게 쏟았던 사랑이 얕았다. 온 마음을 다해 한 학생이라도 가족처럼 아끼고 돌봐준 적이 없었다. 학교를 나온 뒤에도 학생이 찾아올 마음이 생기려면 듬뿍 받은 사랑의 기억이 가슴에 고여 있어야 했다. 찾아오지 않은 학생이 있었던 것이 아니라 찾아올 학생이 없는 선생일 뿐이라는 걸 뒤늦게 깨달았다.

사람과 사람 사이에서 사랑이 어려운 이유는 사랑을 제대로 배운 적이 없기 때문이다. 좋아하는 마음도 사랑이지만 사랑의 일부일 뿐이다. 사랑의 완성은 사랑하는 사람의 마음을 충분히 헤아리고 그 사람이 원하는 종류의 사랑을 원하는 만큼 줄 때 이루어진다. 좋아하는 마음만 가지고 내 기준으로 요 정도면 되겠거니 생각한다면 땅을 한 자만 파고 물이 나오지 않는다며 땅 탓을 하는 것과 같다. 물이 나올 때까지 계속 땅을 파는 것이 물을 원하는 사람이 해야 할 일이다. 사람에게 잘 해줘도 소용없다 말하는 사람은 실은 한 바가지만 잘 해주었을 수 있다.

인원과만(因圓果滿)이란 불교의 가르침이 있다. 원인이 훌륭하면 과실은 절로 가득하다는 뜻이다. 내가 사랑을 주었는데 돌아오는 사랑이 기대에 미치지 못한다면 상대의 허물을 탓하기 전에 내 사랑이 한 바가지는 아니었나 하고 돌아볼 일이다. 사랑에는 에누리가 없다. 상대가 원하는 만큼 사랑을 줄 때 상대도 내가 원하는 사랑을 준다.

"이렇게 억울할 수가"

늘 잘하기만 하는 사람은 없다

고등학교 시절, 방에서 공부하다 잠시 쉬며 만화책을 보고 있을 때면 꼭 아버지가 방으로 들어왔다. "공부하는 줄 알았더니 만화책 보네!" 하아, 이렇게 억울할 수가. 두 시간 공부한 것이 5분 만화책 보는 것으로 덮이는 순간이다. 그렇다고 만화책을 보지 않은 건 아니라서 아니라고 말하면 변명이 되어버린다.

어른이 되어 차를 몰고 규정 속도대로 두 시간을 달리다 막 과속을 시작해 모퉁이를 도는 순간, 숨어 있던 경찰차가 나타나 바깥 차선으로 차를 대라고 한다. 하아, 이렇게 억울할 수가. 두 시간을 정속으로 달린 것이 1분 과속으로 덮이는 순간이다.

왜 아버지는 공부할 때 어디 있다가 만화책을 펼치면 들어올까. 경찰차는 정속으로 달릴 때는 어디 있다가 과속할 때만 사이렌을 울리며 다가올까. 그렇게 지적당하고 딱지를 뗀 일은 잊히지 않고 오래도록 억울한 마음이 되어 가슴에 남는다.

아들이 어렸을 때 아내가 일을 나가면 아빠인 내가 아이를 보았다. 어느 날 아파트 단지 앞 공원에서 놀다 심심하다는 아이를 데리고 동네 지하철 역 안으로 내려갔다. 지하철이 들어오는 것을 구경시켜주다가 잠깐 사람들을 보던 순간 의자 위에 서 있던 아들이 중심을 잃고 넘어지며 얼굴을 의자에 부딪쳤다. 아이 입에서 피가 났다. 놀라 입 안을 보았더니 살짝 찢어져 피가 나오고 있었다. 그날 저녁 아내로부터 '아이를 제대로 안 보고 대체 뭘 했느냐'는 소리를 들어야 했고 그 뒤로도 여러 달 아이 하나 못 보는 아빠로 낙인찍힌 시간을 보내야 했다.

억울했지만 딱히 아니라고 할 수도 없었다. 하지만 속에서는 '아이 본 공이 없다더니 이걸 두고 한 소리구나' 싶었다. 몇 초 잘못 본 것은 아내 눈에 띄고, 몇 달 잘 본 것은 눈에 들어오지도 않고 당연했다. 그 후로 아이가 다쳤다는 소리를 주위에서 들으면 의식적으로 한 순간을 상상하기보다 다치지 않았던 많은 시간을 상상해보는 연습을 했다.

상담을 할 때도 사람과의 관계에서 어려움을 이야기하는 사람들을 보면, 잘 지낸 과정을 꼭 물어보았다. 예외 없이 관계의 어려움을 호소하는 사람도 분명 더 오래 잘 지내던 시간이 있었다. 그것에 초점을 맞추어 당신이 잘 지낼 수 있다는 이야기를 해주면 두 눈을 반짝이며 자신을 대견하게 여겼다. 그런 힘으로 상담을 해나가면 사람들은 자신에게 조금 더 웃고 자신감을 회복해 조금씩 관계를 회복했다.

늘 잘하기만 하는 사람은 없다. 반대로 늘 못하기만 하는 사람도 없다. 잘하던 사람도 어쩌다 실수하며, 못하던 사람도 때로는 잘한다. 우리는 그림자에 민감하게 반응하는 DNA를 가지고 태어난 듯하다. 하지만 때로는 본능을 제어하는 이성도 가지고 태어났다. 못한 사람의 잘하던 시간을 상상해 너그럽게 그를 바라보기. 잘한 사람의 못할 순간도 예상하여 넉넉하게 헤아려주기. 사람을 살리는 비결이다.

"첨부터 잘하는 사람이 어딨어"

보는 것과 하는 것은 다르다

국제대회 탁구 경기를 보면 탁구가 많이 어려워 보이지는 않았다. 왠지 탁구를 금방 잘할 수 있을 것 같은 마음이 들었다. 서른이 넘은 어느 날 동네 탁구장에 등록했다. 하지만 시작하고 한 달도 못 돼 절망했다. 너무 힘든 운동이었다. 세 달 정도 레슨을 받고 그나마 조금 나아지기는 했다. 그때 코치 선생님이 이번 달에 구청장배 탁구 시합이 있는데 경험 삼아 한번 나가보라고 했다. 설레는 마음으로 참가하겠다고 했다.

시합 첫날 내 상대인 50대 아저씨가 탁구를 얼마나 쳤느냐고 물었다. 석 달 쳤다고 하자 빙긋 웃으며 열심히 한번 해보자며 윙크를 보냈다. 결과는 내리 21:0으로 2연패였다. 단 한 점도 득점할 수 없었다. 아저씨는 내 어깨를 치며 "괜찮아, 첨부터 잘하는 사람이 어딨어"

하고 위로해주었다.

그날 밤 잠이 오지 않았다. 그러면서도 마음 한구석에서는 위안이 되었다. 첨부터 잘하는 사람이 어디 있느냐는 아저씨의 말 때문이었다. 아저씨도 어쩌면 나와 같은 패배를 겪었을지 모른다. 나중에 들으니 그 아저씨는 10년 넘게 탁구를 친 베테랑이었다. 금메달을 딴 선수가 얼마나 위대한지 내가 내 손으로 라켓을 잡고 시합을 해보니 알 수 있었다. 쉬워 보이던 탁구가 세상에서 제일 어려운 운동이라는 걸 아는 데 석 달이 걸렸다.

석 달의 레슨과 한 번의 시합 후 나는 내 눈을 반만 믿기로 했다. 남이 잘한다는 건 믿지만 나도 저렇게 할 수 있다는 건 믿지 않기로 했다. 그때부터 겸손해졌다. 그리고 몇 달간 매일 탁구를 쳤다. 칠수록 탁구가 어려우면서 재미있어졌다. 처음부터 잘하는 사람은 없지만 계속 하면 나아진다는 걸 알게 되었다.

코치가 웃으며 말했다. "이젠 21:1은 되겠어요." 온몸에 쏟아지는 땀을 닦으며 나도 코치를 보고 씩 웃었다. 세상에 공짜는 없다. 노력해야 조금이나마 나아지고 꾸준히 해야 익숙해져서 잘할 수 있다. 그 과정을 건너뛸 수 없다. 처음부터 잘한다면 일회성 우연이거나 가짜다.

한번은 동네 과일 가게에서 빨갛게 익은 홍시를 사서 먹었다. 분명 겉은 달콤해 보이는 홍시였는데 전혀 단맛이 느껴지지 않았다. 이유를 알 것 같았다. 나무에서 비바람 맞으며 익은 홍시가 아니라 어느 방에서 속성으로 익힌 홍시였다. 자연에서 거쳐야 할 과정을 모두 생략하고 돈을 벌겠다는 장삿속으로 급히 익히다 보니 겉은 자연산이지만 속은 인조였다. 그래서 단맛이 나지 않았다. 사람도 홍시와 다를 바가 없다. 어설프게 흉내를 내며 급히 잘하려고 하면 겉만 번지르르하고 속은 빈 가짜가 된다.

세상에서 제일 쉬운 게 남이 하는 일이다. 제일 어려운 건 내가 하는 일이다. 직접 해본 것이 아니라면 그건 나라도 하겠다는 말을 쉽게 해서는 안 된다. 남이 잘하는 것을 보고 나도 잘할 것이라 생각한다면 교만이다.

처음부터 잘하지 못한다고 실망할 필요도 없다. 조금씩 성취해나가는 과정에서 행복을 느끼며 하루하루 살다 보면 어느 날에 남처럼 잘하는 나를 발견하게 된다. 그게 인생이다. 과정에서만큼은 인생은 누구에게나 공평하다. 잘하는 남을 존경하고 못하는 나를 다독이며 살 때 인생은 나에게 윙크를 날리며 행복을 선물한다.

"이게 여행이야?"

정반대 성향의 부부가 행복한 여행을 할 수 있는 이유

남편은 결혼 전부터 이벤트를 좋아했다. 자신에게 없는 남편의 모습에 반해 결혼한 아내는 미리 일정이 정해지지 않으면 불안한 사람이었다. 결혼 후 얼마 지나지 않아 남편이 일본에 놀러가자고 했다. 꼼꼼한 아내는 일본의 맛집과 숙소 및 동선을 모두 검색했고 시간대별로 계획을 세워 빼곡히 노트에 적었다. 저녁에 돌아온 남편에게 노트를 내밀며 며칠 동안 공들인 자신의 노력을 칭찬받으려 했다. 그런데 남편의 반응이 예상과 전혀 달랐다.

"에이, 일본 가지 말자!"

놀란 아내가 이유를 묻자 남편이 말했다.

"벌써 다 다녀왔네. 여행이란 게 모르는 데 가서 의외의 경험을 하는 맛에 가는 거지. 이렇게 가면 이게 여행이야?"

애쓰고도 욕먹는다는 게 이런 건가. 도대체 뭐가 잘못된 걸까. 아내는 어안이 벙벙했다.

아무리 애를 써도 상대가 좋아하지 않으면 혹시 내 기준으로 애쓰고 있지 않은지 되돌아보아야 한다. 아내의 기준에서 본다면 남편이 환호해야 한다. 그러나 남편은 남편의 여행 기준이 있다. 그리고 그 기준은 자신이 살아온 세월 동안 차곡차곡 다져진 것이다. 사람의 기준은 좀처럼 바뀌지 않는다. 의외성에서 여행의 맛을 찾는 남편은 로맨티스트이며, 안정을 중시하는 아내는 현실주의자다. 이럴 경우 두 사람이 늘 부딪치기도 하지만 오히려 잘 조화를 이루기도 한다. 누구 한 사람이 지혜를 발휘하면 된다.

지혜란 예측하는 힘과 대처하는 힘을 합한 것이다. 상대의 스타일을 미리 예측하고, 상대가 예측대로 행동할 때 적절하게 대처하면 지혜이다. 지혜의 반대는 어리석음이다. 어리석음은 예측을 못 하고, 일이 생기면 대처도 못 하는 것이다. 남편이 계속 아내의 여행 계획을 집어던지고, 아내가 남편의 무계획을 비난한다면 둘은 어리석은 부부가 된다.

여행을 둘러싼 갈등을 통해 남편의 여행 스타일을 알게 된 아내는 남편을 바꾸는 대신 남편을 대하는 자신의 태도를 바꾸었다. 남편이 어디로 여행을 가자고 하면 검색은 하되 남편에게 일절 알리지 않았다. 미리 검색한 곳으로 자연스럽게 유도하면서 즐거운 해외여행을 이어갔다.

부부가 잘 살려면 두 가지를 알아야 한다. 먼저 나와 상대가 좋아하고 싫어하는 것을 알아야 한다. 내가 무엇을 좋아하고 싫어하는지 내가 알아야 좋아하는 것을 보태고 싫어하는 것을 빼서 살 수 있다. 같은 원리로 나뿐 아니라 배우자에 대해서도 좋아하고 싫어하는 것을 알아야 보태고 뺄 수 있다.

두 번째로 서로의 행동 스타일을 알아야 한다. 로맨티스트 남편처럼 닥치면 하는 스타일인지, 현실주의자 아내처럼 미리 준비하는 스타일인지 알면 함께 잘 사는 기본이 마련된 것이다. 두 가지를 알고 나서 할 일은 따로 없다. 바꾸려 하지 않고 활용하면 된다.

얼마 전 결혼식에서 주례를 하며 신랑과 신부에게 이런 이치를 전했다.

사람은 변하기 어렵습니다. 타고난 천성도, 자라면서 형성된 성격도, 성격에서 나온 몸 습관과 마음 습관도 바꾸기 어렵습니다. 불화한 부부들의 공통점은 서로 자신의 습관에 맞게 상대의 습관을 바꾸려 하는 것입니다. 화목한 부부들은 반대로 상대를 바꾸려 하지 않고 상대의 있는 모습에 그대로 적응하려 합니다.

두 분은 대한민국의 수많은 부부들이 자기가 원하는 대로 상대를 바꾸려다가 좌절하는 전철을 밟지 마시고 상대의 특성을 이해하고 잘 활용하시기 바랍니다. 남편이 사교적인 사람이라면 친구 부부들과 어울리는 기회를 자주 가져 남편의 사교성이 우리 부부에 도움이 되도록 활용하고, 아내가 신기하고 새로운 것을 좋아한다면 두 사람 모두 처음 가보는 곳으로 여행을 떠나 새로움이 주는 설렘을 느끼는 데 아내의 호기심을 활용하면 됩니다.

그러기 위해 두 분은 결혼 후 1년을 서로에 대한 '특별관찰의 해'로 정해 상대의 생활 습관, 좋아하는 일, 싫어하는 일의 패턴과 특성을 잘 관찰하기 바랍니다. 1년간 관찰을 얼마나 잘 했는가가 남은 결혼 생활을 얼마나 잘 할지를 결정하니 마음의 수첩에 잘 기록하여 어떻게 활용할지 우리 부부만의 노하우를 만드시길 바랍니다.

화목한 부부들은 이 과정을 반드시 거쳤습니다. 여러분도 관찰을 통해 화목한 부부의 길에 들어서시길 빕니다. 진짜 사랑은 상대에게 적응하는 것이지 상대를 내 취향에 맞게 바꾸는 것이 아니라는 선배 부부들의 오래된 지혜를 기억하시길 바랍니다.

"그래, 걱정되겠다"

가위바위보에 언제나 이길 수는 없다

내가 출연하는 라디오 상담 방송 중에 중학교 2학년 여학생의 전화를 받았다. 코로나로 학교를 못 가고 1년을 보내고 있는데 다음 주면 기말고사라 너무 무섭고 싫어서 라디오 고민상담에 전화를 했단다.

1학기에 열심히 공부를 하고도 기말고사를 망쳐서 울었는데, 다시 기말고사를 보려고 하니까 공부하기도 싫고 시험이 다가올수록 무섭다고 한다. 게다가 지난번에 야단을 친 엄마의 반응도 걱정이 된다고 했다.

이럴 때는 어떤 말로 위로와 격려를 해주어야 할까. 시험을 못 쳐도 괜찮다는 말은 말하는 사람의 기분이 좋아지는 말이지 여학생에게 위로가 되지 않는다. 걱정하고 있는 사람에게 괜찮다고 해봤자 위로는커녕 내 마음도 몰라준다는 생각에 짜증이 날 수 있다.

열심히 공부하면 이번에 시험 잘 볼 거라는 말도 위로가 안 되기는 마찬가지다. 시험을 잘 볼지 못 볼지 알 수 없는데 잘 볼 거라는 말은 희망고문이나 마찬가지다. 못 보면 책임질 거냐는 반발심을 가져온다.

이럴 때 위로가 되는 말은 '그래, 걱정되겠다'는 말이다. 시험에 초점을 둘 일이 아니라 시험 걱정을 하는 마음에 초점을 두어 말해주어야 한다. 걱정되겠다는 말은 말하는 사람이 성급하게 해결해주겠다는 힘을 뺀 말이다. 그래서 듣는 사람에게도 일단 편안하게 들린다. 중학생이 되면 부모보다 친구들을 좋아하는 이유도 마찬가지다. 친구들은 시험 못 봐도 괜찮다거나 시험 잘 볼 거라는 말은 하지 않는다. 그냥 "아, 어떡하나", "걱정되겠다" 정도로만 말한다.

걱정하는 마음을 알아줄 때 생기는 편안함은 '해소'라는 두 글자로 요약할 수 있다. 우리 마음은 괴로울 때 해소를 원한다. 라디오에 비유하자면 괴로운 마음을 누군가에게 특정한 파장으로 송출한다. 그럴 때 받는 사람은 '해결'에 주파수를 맞추면 안 된다. 잡음만 나오고 라디오 소리가 나오지 않는다. 해소에 주파수를 맞추어야 한다. '그래, 걱정되겠다'는 말은 괴로워하는 그 학생의 마음을 알아주고 받아주고 이해해주는 해소의 소리다.

말 타면 종 두고 싶다는 속담처럼 사람 마음은 하나가 풀리면 다음을 원한다. 내 걱정을 누가 알아주어 해소가 되면 이제 해결을 원하게 된다. 걱정되겠다는 말을 했다면 이제 들어서 이해할 수 있고 고개를 끄덕일 수 있는 해결 방법을 알려주어야 한다.

"친구들과 가위바위보 해본 적 있어요?"

"네."

"언제나 이기던가요?"

"아니요."

"그렇죠? 내가 아무리 잘 생각하고 준비해도 친구가 더 강한 걸 내면 지잖아요. 시험도 그런 거예요. 아무리 열심히 준비해도 시험이 내가 준비한 데서 나오지 않으면 지는 거죠. 가위바위보나 시험이나 똑같아요."

"아, 네에……."

"우리가 가위바위보를 평생 한다고 해봐요. 이길 때마다 좋아하고 질 때마다 괴로워해야 할까요? 이겨서 다행이다 하고 졌으니 됐다 하고 끄덕이는 게 좋을까요?"

"뒤의 거요."

"맞아요. 답을 잘 알고 있네요. 우리는요 평생 가위바위보를 하며 살아요. 질 때마다 괴로워하기보다 질 때도 있고 이길 때도 있다고 생각하고 살면 마음이 편안해지지 않을까요?"

"네, 그럴 거 같아요. 헤헤."

"지금 마음이 어때요?"

"네, 조금 마음이 편해졌어요. 감사합니다."

수화기 너머 편안해진 중학생의 목소리가 들렸다. 해소에 이어 해결 방법을 찾았다는 안도감이 전해졌다. '그래, 우리 인생은 시험의 연속이란다. 늘 가위바위보에서 이길 수는 없단다. 질 때도 있고 이길 때도 있어. 그게 인생이야. 넌 지금 인생을 웃고 울면서 배우고 있는 거란다. 잘하고 있어. 응원한다. 파이팅!'

"네 가지 인간이 있다"

자유주의자, 이기주의자, 방임주의자, 존중주의자

인간은 욕망하는 존재다. 원하는 것을 얻으려고 애쓰며 살다 삶을 마감한다. 그래서 원하는 것을 두고 사람과 사람 사이에 갈등이 생기기도 한다. 25년 동안 상담하며 사람들을 만나다 보니 원하는 것을 두고 어떤 태도를 취하느냐에 따라 네 종류로 나눌 수 있었다. 자유주의자, 이기주의자, 방임주의자, 존중주의자가 그것이다. 비슷하면서도 모두 다른 네 유형의 사람들이다. 이 중 이기주의자가 가장 많았으며, 존중주의지가 가장 적었다. 그 사이에 지유주의지와 방임주의자가 있다.

자유주의자는 자기가 원하는 것만 하고 남이 원하는 것은 청할 때만 해준다. 여행을 좋아하고 음악을 즐기며 혼자만의 고독을 음미한다. 간섭을 싫어하고 자신이 좋아하는 것에만 관심 있으며 다른 사람에게 이래라 저래라 참견하지 않는다. 자유주의자 중에는 예술가가 많다. 사람들에게 자유와 기쁨을 선물하기도 한다. 그들에게는 늘 바람 소리가 난다. 혼자 살아도 멋있는 사람이다. 보통 결혼이나 취직을 하지 않고 구름처럼 산다.

이기주의자는 자기가 원하는 것을 하는 사람이 아니라 자기가 원하는 것을 남에게 하라고 하는 사람이다. 다른 사람을 자기 마음대로 부리려 하며 손해볼 일은 본능적으로 하지 않으려 한다. 원하는 것을 해줄 때까지 이래라 저래라 간섭과 참견과 통제를 계속한다. 이기주의자는 대부분 마음이 아팠던 사람이다. 결핍과 상처로 원하는 걸 박탈당한 아픔이 많다.

방임주의자는 자기가 원하는 것에 빠져 다른 사람이 원하는 것을 전혀 해주지 않는다. 오로지 자기가 원하는 것에만 몰입하여 누구에게도 관심이 없다. 자식조차 방치한다. 자신 역시 돌봄을 받지 못한 사각지대에서 살아온 경우가 많다. 실은 자신이 무엇을 원하는지 모르며 오직 몸의 쾌락에만 빠진 경우가 많다. 자유주의자가 고차원의 즐거움을 만끽한다면 방임주의자는 저차원의 욕망에 갈증을 느끼며 사는 경우가 많다.

존중주의자는 자기가 원하는 것을 하는 동시에 다른 사람이 원하는 것을 해주려는 사람이다. 자신이 웃어 남을 웃게 하고, 남이 웃으면 자신도 웃는다. 나를 사랑하고 똑같은 마음으로 남도 사랑한다. 존중주의자 곁에는 웃음이 넘치는 이들이 많으며 자신도 그들을 사랑하고, 그들도 자신을 사랑한다. 늘 자기의 허물을 돌아보고 더 나은 자신을 만들기 위해 애쓰며 주변 사람을 행복하게 할 방법을 찾기 위한 노력을 멈추지 않는다.

이 가운데 타고나면서 자유주의, 이기주의, 방임주의, 존중주의자가 된 사람은 없다. 누구를 부모로 만나 어떤 대우와 사랑을 받았는가, 누구를 선생님으로 친구로 지인으로 만나 어떤 대접을 받았는가에 따라 네 유형의 길을 간다. 그래서 존중주의자가 된 이들을 보면 저절로 존경의 마음이 생긴다.

그들도 온전히 사랑만 받은 것은 아니다. 물론 사랑이 가득한 부모, 인격자인 교사와 친구들에 둘러싸여 자란 소수의 존중주의자들도 있다. 그러나 더 많은 존중주의자가 무시 받고 상처 입고 아픔에 눈물 흘린 사람이다. 굴하지 않고 스스로를 돌아보고 성찰하고 마음에 새 살이 돋도록 하기 위해 엄청난 노력을 기울인 사람들이다. 그들은 자신의 인생에서 영웅이다. 최근의 상담에서도 나를 감동시킨 영웅을 만났다.

왜 다른 사람에게 아픔과 눈물을 주는 이기주의자와 방임주의자는 존중주의자로 넘어가는 문턱을 넘지 못할까. 자신의 욕망 안에 갇혀 있기 때문이다. 그들은 아픔이나 쾌락에 고착되어 자신의 욕망 너머 세계를 보지 못하고, 보아도 외면한다. 자신의 상처와 즐거움만 핥고 있는 삶을 사는 것이다. 그들이 후회하며 자신의 이기주의와 방임주의가 얼마나 가족과 가까운 이의 삶을 피폐하게 만들고 짓이겼는지 알게 되었다면, 대개 자신도 그들에게 버림받아 인생의 바닥을 칠 때다. 영리한 사람은 바닥을 치기 전에 얼른 이기주의와 방임주의의 함정에서 벗어난다.

어리석은 사람은 듣지 못한다. 어리석은 자는 깊은 내면의 소리를 듣지 못한다. 바로 옆 사람의 욕구를 듣지 못한다. 세상 사람의 소리를 듣지 못한다. 자연의 소리를 듣지 못한다. 신의 소리를 듣지 못한다. 거대 집권 여당인 이기주의자와 방임주의자로 가득한 세상에서 소수 야당인 자유주의자와 존중주의자가 사는 게 우리 세상이다.

지금이라도 늦지 않았다. 나도 혹시 거대 여당에 속한 건 아닌가, 나의 욕망과 욕망 추구의 모습을 돌아보자. 그리고 최소한 자유주의자가 되자. 존중주의자가 되면 더없이 좋겠지만. 자유주의자는 자기만 좋고 존중주의자는 모두가 좋다. 인생은 선택이다.

"누구도 억울하지 않게"

관계의 사상의학

사람은 관계 속에서 태어나 관계 속에서 살다가 관계 속에서 죽는다. 관계에서 자유로운 사람은 없다. 산다는 것은 관계에서 생기는 일들을 제대로 이해하고 이를 바탕으로 제대로 대처하여 나에게 가장 유익한 결과가 나타나도록 하는 과정의 반복이다.

관계 속에서 나타나는 일들을 제대로 이해하지 못하고 오해를 하면 이후 대처가 잘못되고 나에게 해로운 결과가 나타난다. 따라서 제대로 이해하는 것이 가장 중요하다. 제대로 이해하려면 적어도 몇 가지 기준을 만족시켜야 한다는 것을 살면서 알게 되었다.

첫째는 상태다. 내 상태가 어떤지에 따라 관계에 대한 이해도 달라진다. 환자로 입원해 있으면 주위의 모든 관계가 내가 아픈 것과 관련되어 보인다. 내가 수험생이면 느긋하게 걸어가는 사람만 보아도 짜증이 난다. 내가 배가 고프면 아무리 좋은 강의도 귀에 들어오지 않는다. 그래서 올바르게 보려면 먼저 내 몸과 마음의 상태를 담담히 보아야 한다.

둘째는 상황이다. 병사가 적을 향해 총을 쏘지 않았다는 이유로 군법회의에 회부되었다. 왜 쏘지 않았느냐고 묻자 이렇게 답했다. "제 눈엔 적이 보이지 않고 사람만 보였습니다." 교전 상황이 아니었다면 숭고하고 아름다운 이해라고 할 수 있다. 그러나 지금 적을 쏘지 않으면 적이 나를 쏘는 전쟁 상황이다. 상황을 배제한 이해는 자신과 주위 사람까지 죽일 수 있다. 로마에 가면 로마법을 따르라는 말은 상황을 제대로 이해하라는 뜻이다. 상황은 시간과 공간을 이해하는 것이다. 지금과 여기를 이해하는 것이다. 나이 들어 꼰대 소리를 듣는 것은 세월이 지나고 사람들의 생각도 변했는데 자신이 경험한 상황의 이해만 고집하며 주장하기 때문이다.

셋째는 상생이다. 나의 상태를 이해하고 상황을 이해했다면 이제 나와 상대가 모두 사는 길을 알고 이해할 수 있다. 이것이 이해의 마지막 단계다. 상생은 어느 쪽도 죽지 않는 것이다. 부부상담을 할 때 나의 대원칙은 누구도 억울하지 않게 하는 것이다. 둘 다 살려야지 한쪽을 죽인다고 한쪽이 살지는 않는다.

"남편 분은 너무 너그럽고, 아내 분은 너무 합리적이라 부딪치셨나 봐요." 이렇게 둘 다 살려주는 이해를 해야 한다. "남편 분은 너무 비현실적이고, 아내 분은 너무 매정하시네요" 하고 말하면 둘 다 죽을 뿐 아니라 나 같은 상담자는 상담소 문을 닫아야 한다. 이해의 지향점은 관계된 당사자를 모두 살리는 것이다. 황희 정승의 많은 예화가 그런 이해의 사례를 가득 남고 있다. 나는 그의 이야기를 찾아 공부하기를 좋아한다.

넷째는 상상이다. 이렇게 나의 '상태'를 내가 이해하고 현재의 '상황'을 이해한 후 관계된 사람이 모두 사는 '상생'을 추구한다면 비로소 관계를 제대로 이해한 것이라 할 수 있다. 이러한 일련의 이해는 '상상'으로 이루어진다. 그래서 나는 한의학자 이제마의 '사상의학(四象醫學)'을 인유해 '관계의 4상의학'(상태, 상황, 상생, 상상)이라 이름 지어 늘 마음에 간직하고 있다.

관계의 동물로 살아가는 우리가 모나지 않고 원만하게, 남을 살리면서 나도 살리며 살기 위해서는 '관계의 4상의학'이 필요하다. 날마다 적용하고 실천하여 몸과 마음의 습관이 된다면 더 나은 사람으로 보일 것이고, 나를 좋아하고 따르는 사람이 늘어날 것이다.

제대로 이해하여 제대로 살다가 제대로 떠나는 삶이 쉽지 않겠지만, 별다른 방법이 없다. 알고 이해하고 실천하는 수밖에 없다. 그에 노움이 되는 원리이기를 바란다. 상태, 상황, 상생, 상상.

3부

言

[말씀 언]

말, 글, 견해, 하소연

"그래도 다녀"

할 말과 안 할 말이 있다

막상 자살하려고 마포대교에 서자 남자의 손이 난간에서 떨어지지 않았다. 이미 신발과 윗옷을 벗어놓고 난간을 넘어왔는데 접착제가 붙은 듯 손이 딱 붙어 떨어지지 않았다. '이러니 네가 죽지도 못하는 거야.' 서러움에 울컥 눈물이 치솟는 순간 손이 떨어지며 강물로 떨어졌다.

불행인지 다행인지 남자는 어릴 때 별명이 물개였을 정도로 수영을 잘하는 사람이었다. 죽었다 생각했는데 몸이 물 위에 떠 있었다. 죽으려고 뛰어내렸지만 일단 머리가 물 위로 나오자 사정이 달라졌다. 사방은 깜깜하고 강 건너편으로 헤엄치자니 너무 멀었다. 가까운 교각으로 헤엄쳐 간신히 난간 위로 올라갔다. 그러자 경찰 보트가 다가와 확성기로 그대로 있으라고 했다.

경찰서로 간 남자는 자살 시도를 하게 된 사연을 털어놓았다. 극심한 영업 실적 압력에 시달려 몇 년째 사표를 내려고 했다. 하지만 번번이 두 아이 교육과 생계는 어떻게 하느냐며 아내가 한사코 말렸디. 그때마다 아내는 말했다.

"그래도 다녀!"

그날도 그 말을 듣고 무너지는 억장에 술에 취했고, 차라리 죽자고 마포대교 난간을 넘은 것이다. 사연을 들은 경찰은 국밥을 사 주며 죽을 힘이 있으면 살아보라고 위로의 말을 건넸다. 젖은 옷도 탈수해 말려주었다. 다음 날 아침 일찍 집으로 들어가니 이젠 외박까지 하냐며 아내가 구박했다. 울면서 아내에게 지난밤에 있었던 자살 시도를 들려주었다. 그러고 말했다. "오늘 사표내고 올게." 그러자 아내가 천천히 낮은 목소리로 말했다.

"그래도 다녀!"

그때부터 아내의 숨소리조차 듣기 싫어졌다. 남자는 그날 회사에 사직서를 제출했다. 그리고 이혼소송을 냈다.

집단상담에 참여했던 그 남자는 사연을 이야기하다 그날이 떠올라 다시 눈물을 흘렸다. 상담에 참여한 남편들이 꿀꺽 침을 삼키며 말을 아꼈다. 잠시 후 '그래도 다녀!'라는 한마디를 두고 두 시간 가까이 열 띤 성토가 이어졌다.

이 남편 이야기를 듣고 있으니 몇 해 전 1박 2일로 부부들을 상담하는 부부캠프에서 들었던 말이 떠올랐다. 중국에서 교편을 잡고 있던 여자가 한국으로 시집을 왔다. 남편은 일정한 직업도 없으면서 도박에 폭력까지 일삼았다. 지금은 건강이 나빠져 실직한 상태로 집에만 있었다. 여자는 능력도 뛰어나고 얼마든지 독립이 가능한 상태였다. 어느 정도 캠프 분위기가 무르익었을 때 왜 이런 남편을 떠나지 않느냐고 내가 물었다. 모든 사람의 이목이 여자에게 모아졌다. 남편도 아내의 입을 뚫어져라 쳐다보았다. 여자는 이렇게 말했다.

"우리는 어려울 때 사람 버리지 않습니다."

상상하지도 못한 말에 남자 몇 분의 눈에 눈물이 어른거렸다. 남편은 아내의 말에 가만히 눈을 감았다.

'그래도 다녀'와 '우리는 어려울 때 사람 버리지 않는다'는 말은 같은 한국말이지만 너무 다르게 들린다. 그래도 다니라는 말에는 남편의 사정보다 아내와 아이들의 사정을 더 중하게 여기는 마음이 담겨 있다. 어려울 때 사람을 버리지 않는다는 말에는 우선은 남편을 더 중하게 여기는 마음이 담겨 있다. 나를 괴롭힌 남편이지만 지금 최악의 상황에 있는데 버리고 떠날 수 없다는 것은 보통 사람으로서는 가지기 어려운 마음이다.

사람이 늘 잘나갈 수만은 없다. 살다 보면 잘나갈 때도 있고 못 나갈 때도 있다. 늪에 빠진 듯 허우적거리고 벼랑에서 떨어진 듯 참담할 때 유일하게 힘이 되는 건 가까운 곳에 있는 사람이다. 어릴 때는 부모 형제, 결혼해서는 배우자다. 그럴 때 내 마음을 알아주고 위로해준다면 아무리 힘들어도 버티고 견딜 수 있다. 하지만 내 마음을 몰라주고 날 탓한다면 남은 힘마저 빠진다. 가족이란 힘들 때 서로 돕는 사람들이다. 가족의 진가는 한 사람이 힘들어 할 때 나타나는 법이다.

"설마 굶어죽기야 하겠어. 그렇게 힘들게 하는 회사 그만 다녀요. 무슨 수가 또 생기겠지. 여보, 우리 어떻게든 한번 해보자." 남편이 정작 아내에게 듣고 싶었던 말은 이런 말이 아니었을까. 사람은 자기중심적이라 늘 자기 입장에서 먼저 이야기하는 습성이 있다. 그러나 누가 힘들다면 잠시 숨을 고르고 생각해봐야 한다. 이때만은 힘든 사람 중심에서 이야기할 타임이기 때문이다.

'그래도 다녀'는 한강 다리 아래로 남편을 내몰 수 있지만 '이제 그만 다녀'는 한강 다리 위로 남편 차를 달리게 하는 말이 될 수 있다. 물에 빠진 사람은 구하는 게 먼저다.

"차라리 날 위하지 마"

다 널 위해서라는 말이 더 아프다

무기력하게 상담실 창밖을 바라보는 20대 청년. 그의 엄마는 심리학을 공부한 사람이었다. 이 청년이 상담실에 오게 된 이유는 어릴 때부터 밥상머리에서 들어온 엄마의 잔소리 때문이다. 엄마는 입만 열면 '이게 다 널 위해서'라는 단서를 달았다.

주로 하는 말은 '중학생이나 되어가지고', '고등학생이나 되어가지고', '대학생이나 됐으면서', '사내가 되어가지고', '이제 적은 나이도 아닌데'였다. 그 말들 뒤에는 예외 없이 가시 돋친 말이 쏟아졌다.

중학생이나 되어가지고 아직도 징징거리냐, 고등학생이나 되어가지고 행동 조절도 못 하냐, 대학생이나 되어가지고 용돈 타령이냐, 사내가 되어가지고 그까짓 일로 우냐, 이제 적은 나이도 아닌데 돈을 왜 안 모으냐. 그리고 난 후 엄마는 늘 넌 MBTI 성격유형이 무엇이고, 에니어그램으로 보면 몇 번이라서 그렇다며 심리학 공부한 티를 냈다.

엄마와 이야기를 할 때마다 아들은 두 가지 성반대 감정을 느꼈다. 하나는 미움이고 하나는 고마움이었다. 안 좋은 말을 쉬지 않고 하니 미웠고, 다 나를 위해서 하는 말이라는 것을 아니 고마웠다. 그런데 시간이 흐를수록 고마운 마음은 점점 바닥을 드러내고 미운 마음이 차올라 엄마를 볼 때마다 적개심이 생겼다. 최근 엄마의 잔소리가 다시 시작되자 참지 못하고 "그만 좀 해! 닥쳐!"라고 소리쳤고 놀란 엄마의 소개로 상담실을 찾게 되었다.

엄마에 대해 느끼는 감정을 한마디로 표현하면 무엇이냐고 묻자 '재수 없다'고 했다. 왜 재수가 없냐고 했더니 엄마랑 이야기하면 무조건 기분이 안 좋아지고, 그런 날은 재수 없는 일이 줄줄이 일어나기 때문이란다. 왜 엄마랑 이야기하면 기분이 안 좋아지냐고 했더니 틀린 말은 아닌데 기분 나쁘게 이야기하기 때문이라고 했다. 그러면서 더 기분이 나쁜 건 너를 위해 하는 말이라고 하니 반발하거나 반박할 수 없기 때문이라 했다.

이 엄마의 문제는 좋은 말을 나쁘게 말하는 것이었다. 쉽게 생각하면 좋은 말을 좋게 말하는 게 정상인 것 같지만 실제 현실에서 그런 사람은 소수에 불과하다. 대부분의 평범한 사람은 좋은 말을 이 엄마처럼 나쁘게 말한다. 중학생이 되었으니 자립심을 가지고 스스로 알아서 하라고 말하면 될 텐데, 중학생이나 되어가지고 징징거리냐고 말한다.

이렇게 좋은 내용의 말을 아프게 말하는 심리는 무엇일까? 말하는 사람의 속이 해소되기 때문이다. 속이 후련해지는 것이다. 또한 듣기 좋게 말하려면 생각을 하고 말해야 하니 피곤하고, 말하고 나서도 속이 시원하지 않다. 하지만 아프게 뱉는 말은 감정대로 생각 없이 하니 피곤하지 않고, 말하고 나서도 쌓였던 앙금이 가셔 속이 후련하다. 또한 부드럽게 말하면 즉각적으로 행동변화가 일어나지 않지만, 아프게 말하면 바로 행동변화가 나타난다고 믿기 때문이다.

움직이지 않고 서 있는 말을 토닥일 때보다 채찍으로 때리면 뛸 확률이 높은 것처럼 사람도 세게 이야기를 해야 듣는다고 믿고는 한다. 결국 자기 속이 후련하고, 자기 눈으로 빨리 바뀌는 모습을 보려고 좋은 내용의 말을 아프게 하는 것이다. 이것은 심리를 빙자한 언어폭력에 불과하다. 자식의 감정과 마음을 전혀 고려하지 않기 때문이다.

좋은 말을 아프게 하려면 차라리 이게 다 널 위해서라는 말을 빼고 하는 게 낫다. 듣는 사람이 이중으로 괴로워진다. 상담 후 청년이 엄마에게 들은 말은 "상담까지 받으면서 바뀌는 게 하나도 없냐"는 잔소리였다. 말 습관은 참 무섭다.

"다 했어?"

네모난 말은 둥근 귀에 들어가지 않는다

살면서 가장 모진 말을 들은 건 군대에서였다. 행정병으로 근무하면서 아침에 들어오는 선임하사가 무서웠다. 선임하사는 늘 인상이 구겨져 있었다. 선임하사가 자리에 앉으며 하는 첫마디가 "다 했어?"였다. 어제 지시한 문서 작성을 마쳤느냐는 말이다. 떨리는 손으로 문서를 들고 가면 잠시 후 바닥으로 집어던지며 "대가리 박아!"로 이어졌다.

바닥에 머리를 박은 채 떨고 있으면 줄이 어긋났다느니 한 칸 밀려 타이핑했다느니 하는 지적으로 시작해 마음에 안 드는 내용에 이르기까지 조목조목 지적했다. 그래도 분이 안 풀리면 군장을 싸라 해서 연병장을 돌게 했다. 문서가 이상이 없으면 칭찬은 없었다. 그럴 때는 "가서 일봐!"가 전부였다.

나는 선임하사의 모진 말을 관찰하다가 네모 말이라고 이름 붙였다. 선임하사의 말은 항상 네 개로 모가 나 있었다. 네모를 이루는 첫 번째 선은 내천 자로 깊게 파여 화가 난 표정이었다. 무엇에 늘 골이 난 듯 불만과 짜증으로 입을 꾹 다물고 있었다. 두 번째 선은 날카로운 말투였다. 큰 소리와 욕설이 섞여 무슨 말을 해도 듣는 내내 가슴이 두근거렸다. 세 번째 선은 잘한 것은 모조리 빼고 못 한 것만 콕콕 집는 말이었다. 선임하사 말대로라면 멍청이도 이런 멍청이가 없었다. 들으면 들을수록 자존감이 바닥을 쳤다. 마지막 네 번째 선은 주눅 든 마음을 풀어주지 않는 것이었다. 전역하던 날 선임하사는 처음으로 웃으며 풀어준답시고 이런 말을 했다.

"나한테 이렇게 제대로 배웠으니 밖에 나가서도 무슨 일이든 똑바로 할 수 있을 거다. 마음 풀고 나가라."

기가 막혔다. 군복무를 마치는 날 속으로 맹세했다. 앞으로 네모 말을 하면 난 사람이 아니다. 그리 맹세한 후 네 선을 없애려 애썼다. 서서히 말에서 각진 네모 말이 사라지고 둥근 말들이 나오기 시작했다. 첫 번째로 표정부터 바꾸었다. 특별한 일이 없으면 얼굴 근육을 편하게 풀었다. 빙그레 웃는 표정이 되었다. 두 번째로 말투를 부드럽게 하자 얼굴 표정과 잘 어울렸다. 세 번째로 지적하는 말 대신 괜찮은 면을 말하니 나도 기분이 좋았다. 네 번째로 듣는 사람의 위축된 마음을 풀어주니 대화가 원만해졌다.

선임하사의 네모 말과 반대로 말하자 어느새 직업도 상담자가 되었고, 힘든 사람들 마음을 풀어주고 있었다.

군대를 나오고 주위를 보니 둥근 말을 하는 사람은 적고, 네모난 말을 하는 사람이 많았다. 왜 그럴까 살펴보다 별 생각 없이 말하면 저절로 네모난 말이 나온다는 것을 발견했다. 둥근 말을 하려면 한 번 더 생각해서 네모난 각을 없애야 한다. 존중을 뜻하는 'respect'를 풀어보면 다시를 뜻하는 're'와 보다를 뜻하는 'spect'로 이루어져 있다. 보이는 그대로 말하면 네모난 말이 되지만, 다시 보아 말하면 둥근 말이 된다.

다시 보는 노력이 힘들어 사람은 네모난 말을 한다. 그런데 맞는 말이기에 잘못이 아니라는 생각이 든다. 그 결과 네모 말은 습관이 돼 관계를 망치고 사람들의 미움을 받는다.

이에 비해 둥근 말은 맞는 말을 품은 좋은 말이다. 한 번 더 생각한 부드러운 말이다. 둥근 말 습관을 가지면 관계가 원만해지고 사람들의 사랑을 받는다. 네모난 맞는 말을 해야 듣는 사람이 잘못을 알고 반성하여 행동을 고친다고 생각하지만 그건 착각이다. 사람들은 네모난 맞는 말에 다치고 분노를 느낀다. 둥근 좋은 말에 스스로 돌아보고 행동을 고친다.

우리 귀는 둥글다. 그래서 네모난 말은 둥근 귀에 들어가지 않는다. 네모로 말하고 둥근 귀로 듣길 바라는 건 어쩌면 유행가 제목처럼 이루어질 수 없는 '네모의 꿈'일 수도 있다.

"핵이 터지면 삽니까 죽습니까?"

화난 사람에게는 우선 물어보자

우리나라에 비폭력대화를 도입하여 보급하던 선생님을 초청해 강의를 들었다. 강의 후 사회자였던 나는 스무 명 남짓 되는 수강생들에게 질문이 있냐고 물어보았다. 그러자 70대로 보이는 분이 손을 번쩍 들더니 쩌렁쩌렁한 소리로 질문했다.

"선생님, 핵이 터지면 삽니까 죽습니까?"

생뚱맞은 질문이었다. 강의 내용과 아무 관계없는 핵문제를 비폭력대화 강사에게 묻다니. 정적이 흐르며 긴장감이 돌았다. 수습할 사이도 없이 다시 질문이 이어졌다. "삽니까 죽습니까?"

난감한 순간이었다. 선생님을 쳐다보았다. 선생님은 호기심 어린 표정으로 되물었다.

"아, 선생님은 핵이 터지면 죽는다는 말씀을 하시고 싶은 거예요?"

그러자 질문한 분이 한 톤 낮아진 목소리로 말했다.

"그렇죠! 다 죽죠. 그런데 핵을 누가 가지고 있습니까?"

다시 선생님이 받았다.

"아, 선생님은 핵을 누가 가지고 있는지 말씀하시고 싶은 건가요?"

그러자 그분은 한 톤 더 낮아진 목소리로 말했다.

"그렇죠! 김정은이가 가지고 있잖아요. 김정은이가 버튼을 누르면 어떻게 되겠습니까?"

"아, 선생님은 그럼 남한 사람이 다 죽는다는 말씀인가요?"

"그렇죠! 지금 대통령선거를 하는데 누구를 찍어야겠습니까?"

그렇게 이어지던 질문과 대답 끝에 마지막 나온 말은 좌파 정권을 찍지 말고 우파 정권의 후보를 대통령으로 찍으라는 이야기였다.

놀라운 건 쩌렁쩌렁하던 목소리가 점점 톤이 낮아져 차분한 목소리가 된 것이었다. 한 편의 마술쇼였다. 만약 사회자나 강사가 "강의 내용과 관련된 질문만 해주세요"라고 했다면 그분은 더 큰 목소리로 강의장을 떠들썩하게 만들었을 것이다. 질문으로 하고자 하는 말을 계속 받아주니 "그렇죠!"라는 말과 함께 점점 감정이 누그러지고 말이 차분해지니 신기했다. 이런 능력을 가진 분이니 비폭력대화 대표가 될 수 있었구나 싶었다. 감탄이 절로 나왔다.

수강생들이 돌아가고 강사와 강의를 마련한 관계자 분들과 커피를 마셨다. 자연스럽게 조금 전 있었던 일에 대해 물어보았다. 질문만 계속 했는데 어떻게 그분이 가라앉을 수 있었느냐고. 그러자 강사의 설명이 따라 나왔다. 질문은 기적을 만든다. 화난 사람의 마음을 읽어주고 달래주는 데는 질문보다 나은 것이 없다. 이런 걸 이야기하고 싶은 거냐고 계속 물으면, 화난 사람은 그렇다 혹은 아니다라고 이야기하며 화난 내용을 다 이야기한다. 그러다 보면 서서히 속이 풀린다. 엄마에게 몽둥이를 든 아이에게 엄마가 "너, 엄마를 때리고 싶은 거야?" "지금 너무 화가 난 거야?" 하고 질문을 이어가면 아이가 엄마를 때리지 않게 된다.

질문이 기적을 만든다는 원리를 배운 후 나에게 새로운 말 습관이 생겼다. 가까운 사람 누가 화를 내면 그 말을 받아 질문을 했다. 거짓말처럼 화난 사람은 왜 화가 났는지를 표현하며 조금씩 기운이 누그러졌다. 그야말로 비폭력대화가 알려준 꿀팁이었다.

내친 김에 스스로에게도 같은 원리를 적용해 질문해보았다. 속에서 짜증이 나거나 화가 나면 나에게 물었다. "지금 화난 거 맞지?" "그래, 너무 화가 나." "뭐라도 퍼붓고 싶은 거지?" "그래, 뭐라도 부수고 싶어?" "그래서라도 화를 풀고 싶은 거지?" "그래! 어떻게 걔가 나한테 그럴 수 있어?" 그렇게 나와 주고받는 말이 오가다 보면 내 마음속 화도 누그러지며 진정되었다. 그 후로 속상하거나 우울하거나 외로울 때 나에게 질문하는 습관이 생겼다. 그리고 대답하는 습관도 생겼다. 마음이 하루가 다르게 편안해졌다. 질문이 기적을 만든다는 말은 사실이었다. 여태 이런 좋은 방법을 모르고 살다니. 이젠 사람과의 관계가 훨씬 덜 부담스러워졌다. 질문하는 방법을 배웠으니까.

"제가 틀렸습니까?"

적절함이 올바름을 이긴다

"선생님, 제가 틀렸습니까?" 아들이 가출한 지 한 달이 가까워지자 아내와 함께 상담을 온 아버지가 던진 질문이다. 아버지는 가난한 집에서 태어났다. 장남으로 고등학교 선생님이 되어 동생들 뒷바라지를 마친 후 늦은 나이에 우리나라에서 제일 좋다는 대학에 다시 입학, 일사천리로 박사까지 마쳤다.

늦게 결혼하여 낳은 외동아들이 대학에 들어가자 절망했다. 기대보다 너무 못한 대학에 들어갔기 때문이다. 게다가 입학 후 머리를 노랗게 물들이고 귀까지 뚫어 세 개의 귀걸이를 하고 다니는 아들을 보니 기가 막혔다. 아들을 불러 앉히고 단단히 한소리 했다.

"야, 인마 네가 지금 이러고 다닐 때야? 아버지가 너처럼 지원을 받았으면 하버드를 가도 열 번을 갔겠다."

고정 레퍼토리인 하버드 타령으로 시작된 말이 이어졌다.

"남들이 널 보면 멋있다고 하지? 속으로는 양아치 자식이라고 그래. 알아? 네가 양아치 자식이면 난 뭐가 되냐. 그리고 부모에게 받은 몸을 네 맘대로 뚫고 다니고, 머리색은 그게 뭐냐. 당장 정신 차리고 머리도 원래 색으로 고치고 귀도 메워! 다음 달 문중회의에 가면 친척들이 뭐라겠어."

아버지는 50만 원 수표를 아들에게 내밀었다. 그 돈으로 머리도 다시 검게 염색하고 귀도 원래대로 메우라는 뜻이었다.

다음 날 아들은 돌연 50만 원을 들고 가출했다. 휴대폰도 두고 나갔다. 처음 한 주는 걱정하는 아내에게 화를 내며 그런 녀석은 호적에서 파야 한다고 했지만 한 달이 가까워지자 점차 신문을 뒤적이고, 텔레비전 뉴스 시간에 걱정스레 앉아 있는 날이 잦아졌다. 아내는 용하다는 점집에 가서 연락도 없는 외동아들이 살아 있는지 알아보고 다녔다. 급기야 아들의 가출을 두고 부부싸움이 잦아져 주변 소개로 상담실을 찾게 되었다.

아버지의 내가 틀렸느냐는 질문은 아들에게 바른 소리를 한 것이 무엇이 잘못이냐는 항변이었다. 그런 아버지에게 혹시 노래를 한 곡 불러드려도 좋겠냐고 물었다. 아버지는 기가 막혀서 노래 들을 기분도 아니고 무슨 상담을 노래로 하냐고 했다. 노래로도 상담을 한다고 했더니 마지못해 해보라 했다. 그래서 그룹 노이즈의 '너에게 원한 건'이란 노래에 가사를 바꿔 천천히 부르기 시작했다.

"아빠에게 원한 건 어려운 부탁은 아냐. 날 사랑하는 것만큼 표현해주는 것. 내가 느낄 수 있도록!"

가만히 노래를 듣던 아버지의 눈이 반짝였다. 뭔가 마음에 짚이는 게 있는지 다시 한 번 불러달라고 했다. 더 천천히 아들의 심정을 담아 불렀다. 노래를 두 번 들은 아버지는 입맛을 다시며 가만히 상담실 천장을 바라보았다. 아버지에게 말했다.

"박사님, 박사님이 맞으시죠. 길 가는 사람 백 명 천 명을 붙잡고 물어봐도 박사님이 맞다 할 겁니다. 그런데 박사님, 박사님이 올바름은 잡으셨는데 하나 놓치신 게 있습니다. 적절함입니다. 박사님은 아드님을 누구보다 사랑하시잖아요. 그런데 그게 아들에게는 전달되지가 않았네요. 적절하지 못해서요."

아버지는 눈을 감고 "적절함이라"며 말을 되뇌었다.

"제가 고향에 내려가면 어머님이 욕탕에 물을 받아놓으세요. 반신욕이 좋다고. 제가 들어가면 너무 뜨겁습니다. 너무 뜨겁다고 하면 어머님이 그러십니다. 그 정도는 돼야 땀이 나지. 반대로 제가 어머니를 위해 반신욕 물을 받아놓으면 어머님이 너무 차다고 합니다. 제가 그러지요. 엄마, 그 정도가 제일 좋아요. 어머니에게 적절함은 뜨거움입니다. 저에게 적절함은 미지근함이죠. 서로 적절함이 다른 겁니다. 박사님이 놓치신 게 이겁니다."

아버지는 고개를 끄덕였다.

"말씀을 듣고 보니 제가 여태 올바름은 수없이 생각했지만 적절함은 한 번도 생각해본 적이 없었습니다. 그러네요. 적절함이 올바름보다 중요하겠네요."

옆에서 대화를 지켜보며 남편을 흘겨보던 아내가 불쑥 "아내를 위한 노래는 없나요?" 하고 물었다. 정색을 하며 당연히 있다고 하니 좀 불러달라고 했다. 목청을 가다듬고 똑같은 노래를 가사만 바꿔 불렀다.

"당신에게 원한 건 어려운 부탁은 아냐. 날 사랑하는 것만큼 표현해주는 것. 내가 느낄 수 있도록!"

상담을 마치고 돌아간 며칠 후 아내 분에게 연락이 왔다. 아들이 거지꼴로 돌아왔단다. 그런데 아버지의 반응이 너무 뜻밖이라 아들도 놀라고 자신도 놀랐다고 했다. 벼락처럼 야단칠 줄 알았던 아버지가 가만히 바라보다가 "씻고 밥 먹어" 한마디만 하고 방으로 들어가더라는 것이다. 아들이 놀라 물었다.

"엄마, 아빠 왜 저래? 언제 혼내려고?"

아버지는 어느새 새로운 아버지가 되어 있었다. 이제 올바른 아버지에서 적절한 아버지로서 첫 발을 내디뎠다. 아들과 아버지의 관계는 새로운 출발선에 서게 됐다. 한 지붕 아래의 가족들에겐 적절함이 우선이다. 늘 적절함이 올바름을 이긴다.

"너희 집에선 그렇게 가르치디"

소속 집단에 대한 비난은 모멸감을 준다

상견례를 하는 자리에서 친정어머니가 시어머니에게 말했다.

"키운다고 키웠습니다만 부족한 게 많은 아이입니다. 앞으로 우리 아이가 잘못하거든 때려서라도 가르쳐주십시오."

놀란 시어머니의 입이 벌어졌다. 훗날 시어머니는 아들에게 이렇게 말했다.

"너희 장모가 대단한 사람이다. 얼마나 딸에게 자신이 있었으면 상견례 자리에서 그런 말을 다 했겠어."

신부도 그렇게 말한 엄마의 얼굴이 무색해지지 않도록 야무지게 살았다.

두 사람이 만나 결혼하지만 아직 우리 사회에서는 집안과 집안이 결혼한다고 보아야 한다. 우리 문화에서는 아직 나와 부모 사이에서 심리적 분화가 잘 되지 않기 때문이다. 결혼 후 침대에는 6명이 눕는다. 남편 팔은 시어머니와 시아버지가 베고, 아내 팔은 친정의 어머니와 아버지가 베고 있기 때문이다. 그러다 보니 신랑은 시댁을 대표하고, 신부는 친정을 대표한 사람이 된다.

대표한다는 것에는 특별한 의미가 있다. 잘하면 우리 집안이 칭찬을 듣지만 못하면 욕을 먹는다는 뜻이다. 옛날부터 '애비 없이 자란 자식은 어디가 달라도 다르다'는 말을 하고는 했다. 자식 잘못을 자식의 잘못으로 보지 않고 그 부모, 그 집안의 잘못으로 본다는 말이다. 그 말을 듣지 않으려고 혼신의 힘을 다해 자식을 키우는 어머니들이 많았다. 그래서 우리는 유독 내가 태어난 집이 욕을 먹는 것에 예민하고 견디기 어려워한다.

시어머니가 며느리에게 해야 할 소리가 있고 해서는 안 될 소리가 있다. 해서 안 될 소리 가운데 으뜸은 "너희 집에선 그렇게 가르치디?"라는 말이다. 시어머니 입장에서는 제대로 하라는 소리지만 며느리는 그 말이 평생 가슴에 상처로 남는다.

"네, 어머니 저희 집에서는 그러라고 가르치던데요. 왜요, 뭐가 이상한가요?"

이렇게 되받아칠 강심장 며느리는 없다. 완벽한 며느리는 없다. 그리고 마음에 들지 않는 며느리의 행동이 친정 탓만은 아니다. 시어머니의 견해라고 언제나 옳지도 않다.

부부 사이에서도 집안을 헐뜯는 이야기가 나오면 큰일이 나고 만다. 나한테 욕을 하지 왜 애꿎은 우리 엄마를 들먹이느냐는 소리가 나오면 이 싸움은 지금 절정을 향해 가고 있다는 뜻이다. 부부싸움 최대 금기어 역시 상대 집안 욕을 하는 것이다. 그 말을 들은 쪽은 모멸감과 수치심에 격분할 수밖에 없다. 원래 다투던 주제는 온데간데 없이 사라지고 격렬한 싸움이 시작된다.

서양의 가족치료전문가 보웬(Murray Bowen)은 '분화(分化)'라는 개념을 소개했다. '너도 나, 나도 너'가 정서적으로 분리되지 않은 미분화(未分化)라면, '너는 너, 나는 나'는 정서적으로 분리된 분화다. 그런 분화가 제대로 이루어져야 건강한 가족이 된다고 했다.

우리 문화에서는 이런 정서적 분리가 잘 되지 않는다. 낳을 때 몸의 탯줄을 끊고, 결혼으로 내 품을 떠날 때 마음의 탯줄을 끊어야 하는데 그러지 못하는 경우가 많다. 부모도 그렇고 자식도 그렇다. 우리 문화에서는 어딘가에 소속된 일원으로서 나를 나로 생각한다. 그래서 내가 속한 집단이 폄하되거나 욕을 먹으면 확장된 내가 욕을 먹는 것으로 생각해 더 분노를 느낀다.

결혼생활을 원만하게 하려면 소속집단인 집안을 들먹이지 않아야 한다. 집안은 서로의 취약한 부분이기 때문이다. 집안을 이야기하려면 장점만 이야기해야 한다. "당신을 보니 당신 집안은 총명한가 봐." "당신 일하는 걸 보니 아버님이 성실한 분이셨던 것 같아."

사람이 화나면 무슨 말을 못 하느냐고 하지만 집안 이야기는 리스트에서 제외다. 후폭풍이 너무 오래간다.

결혼뿐만 아니라 다른 관계에서도 그 사람이 속한 집단을 비난해서는 안 된다. "다니던 회사에서는 일을 이렇게 하라고 하디?" "너 나온 대학에서는 이렇게 가르치디?" 이런 말은 그 사람과 원수가 되자고 결심할 때나 할 수 있는 말이다. 우리는 아직 소속집단과 분화가 잘 되지 않는 문화에 살고 있다. 잘 되지 않는다면 그것을 받아들이고 인정해야 한다.

"말하면 뭐가 달라지는데"

말하지 않고는 아무것도 달라지지 않는다

남편은 아내에게 어떤 일이든 이야기를 하지 않았다. 어느 날 바뀐 차가 집 앞 주차장에 서 있기에 아내가 남편에게 물었다.

"못 보던 차인데, 왜 우리 집 주차장에 세워뒀을까?"

남편이 말했다.

"응, 우리 차야. 새로 차를 뽑았어."

화들짝 놀란 아내가 말했다.

"아니, 그걸 왜 이제야 말해? 나한테 아무 말도 안 했잖아."

남편은 짜증을 내며 늘 하던 그 말을 했다.

"말하면 뭐가 달라지는데?"

후우, 아내는 긴 한숨과 함께 눈물이 핑 돌았다. 또 시작이구나.

몇 달 후 갑자기 이삿짐 차가 아파트 앞에 오고 초인종 소리가 들렸다. 문을 여니 이삿짐센터 직원이 이사를 시작하겠다고 했다. 그때 직장에 간 남편에게 전화가 왔다. "오늘 서귀포로 이사 가니까 이삿짐센터에서 올 거야."

부부는 제주도에 살고 있었는데 남편이 당일에서야 이사 사실을 말한 것이다. 아내는 화가 머리끝까지 났다. 그러나 결국 아내가 남편에게 마지막으로 들은 말은 말하면 뭐가 달라지냐는 소리였다.

다음 해에 남편이 연락도 없이 며칠 집에 들어오지 않았다. 전화해도 받지 않았다. 놀라 경찰에 실종신고를 하려는데 전화가 왔다. 대뜸 한다는 소리가 "나, 서울 본사로 발령받아 올라왔어. 정신없이 방 잡고 정리 좀 하느라 전화가 늦었어"였다. 아내는 기가 막혀 아무 말도 나오지 않았다. 그날 이후 실어증에 걸렸다. 그리고 우울증에 빠졌다. 하루하루 몸무게가 줄어 앙상해졌다.

아내가 세상에서 제일 듣기 싫어하는 소리는 '말하면 뭐가 달라지는데'였다. 남편의 고정 레퍼토리였다. 말하면 뭐가 달라지냐는 남편의 말은 사실 합리적으로 보면 이상이 없기는 하다. 차도 결국 남편이 좋아하는 차종과 색으로 살 것이고, 이사도 할 것이며, 인사이동도 따라야 하니 말이다.

그런데 정서적으로 보면 이상해도 너무나 이상한 말이다. 모르는 남남이라도 중요한 결정을 할 때는 미리 이야기를 하며 기대감을 가지고 기쁨을 나눈다. 더구나 부부라면 정서 공동체다. 작은 일도 나누고 희로애락을 함께하려고 한 집에 사는 두 사람이 부부다.

정서 교류가 없는 부부는 이미 부부가 아니다. 작은 일도 큰 일도 서로 알리고 상의하고 합의하여 결정하는 것이 정서 공동체가 하는 가장 중요한 일이다. 그것을 단지 내가 결정하니 너는 알 게 없다는 마음으로 말하지 않는다면 같이 살지 않겠다는 선언이나 다름없다.

　함께 나누는 기쁨과 슬픔이 없다면 같이 살 이유가 없다. 아내가 심한 우울증에 빠진 것은 당연한 일이다. 제주도에서 열린 부부캠프에서 만난 이 부부는 남편이 문제였다. 그런데 어이없게도 남편은 아내의 우울증이 문제의 핵심이고 원인이라고 말했다.

　왜 아내가 우울증에 빠졌겠느냐고 물었더니, 집안에 우울증 유전이 있는 게 아닌가 의심하고 있다며 아내 외할머니도 우울증에 걸린 분이었다고 했다. 캠프에 온 다른 아내들이 이 남편에게 분노를 퍼붓기 시작했다. 같이 온 남편들도 헛웃음만 지으며 남편이 잘못이라고 했다.

　그때 남편이 자리를 박차고 일어서며 말했다.

　"내가 말했잖아. 부부캠프 올 필요가 없다고! 여기 와서 우리 사정 말해서 뭐가 달라지느냐고!"

　아내의 두 눈에 절망의 눈물이 주르르 흘러내렸다.

　결국 이 부부는 이혼했다. 말해서 뭐가 달라지느냐는 소리 한마디가 이혼 사유였다. 사람은 나누는 존재다. 기쁨도 슬픔도 괴로움도 나누는 존재다. 그러면서 정이 들고 사랑이 깊어가는 존재가 부부이고 부모자녀이며 동료이고 사회관계다.

나누지 않는다면 관계가 아니라 파편화된 개인만 있을 뿐이다. 말하면 뭔가 달라진다. 정이 깊어지고 신뢰가 단단해지며 사이가 돈독해진다. 그 뭔가로 우리는 살아갈 힘을 얻는다.

"무슨 소리를 하는 거야 지금!"

내가 듣기 싫은 말이 상대가 하고 싶은 말이다

같은 회사에 취업 준비를 하던 같은 대학의 남자친구는 합격하고, 여자친구는 두 번이나 시험에 떨어졌다. 불합격 소식에 기가 죽은 여자친구를 불러내 남자친구가 걱정스레 말을 건넸다.

"너, 이번에 내가 보라던 문제집 다 풀어봤어? 이번에 거기서 다 나왔다던데."

여자친구는 그 말에 마음이 상해 심드렁하게 답했다.

"두 번이나 풀었거든."

남자친구가 그 말을 받아 말했다.

"너, 제대로 안 본 거 아냐? 아니면 기억력이 좀 떨어지는 거 아냐? 난 한 번만 보고도 됐는데 넌 왜 안 되냐?"

여자친구가 화를 버럭 내며 쏘아붙였다.

"무슨 소리를 하는 거야 지금! 내가 돌머리라는 소리야 뭐야!"

위로해주려고 만난 자리가 싸움으로 번지고 말았다. 이 커플의 다음 말은 보지 않아도 정해져 있다.

"나도 이런 말하기 싫어. 그런데 솔직히 네가 걱정돼서 하는 소리야. 그리고 내가 뭐 못 할 말 했어?"

"아, 그럼 말하지 마. 듣기 싫어."

사귄 지 얼마 지나지 않아 나오는 대화가 이렇다면 이 커플은 오래 가기 힘들다. 어느 한쪽이 눈치 없이 듣기 싫은 말을 하고 있기 때문이다. 눈치 없는 것도 말 습관도 고치기가 어렵다.

듣고 싶은 말과 하고 싶은 말은 묘하게 다르다. 내가 듣기 싫은 말은 상대가 정말 하고 싶은 말일 경우가 많다. 남자친구가 정말 여자친구에게 하고 싶은 말은 "넌 능력이 안 되는 것 같으니까 다른 회사 시험을 보는 게 낫겠다"는 말이다. 이에 비해 여자친구가 남자친구에게 듣고 싶은 말은 "괜찮아. 운이 안 좋아서 이번에 안 된 거지, 너는 충분히 할 수 있어. 다시 또 해보면 돼"라는 말이다.

그래서 여자친구가 시험에 떨어지고 만난 자리에서 둘은 각자 다른 기대를 하고 나온다. 남자친구는 하고 싶은 말을 하려고, 여자친구는 듣고 싶은 말을 들으려고 나온다.

남자친구는 하나는 알고 둘은 몰랐다. 하고 싶은 말을 해야 한다는 것은 알았지만, 오늘 이 자리의 주인공은 시험에 떨어진 여자친구라는 것을 몰랐다. 주인공이 여자친구라면 자기가 하고 싶은 말을 할 것이 아니라, 여자친구가 듣고 싶어 하는 말을 해야 한다. 사람이 다른 사람에게 가장 듣기 싫은 말은 넌 문제가 있으며 네가 잘못했다는 소리다. 듣는 자신을 몹시 초라하고 비참하게 만드는 말이다. 특히 좌절하거나 실패했을 때 그런 말을 들으면 불같은 분노가 솟구친다. 그러지 않아도 자기가 작게 느껴지는데 그런 말은 자신을 한없이 작게 만들기 때문이다.

'잘되면 내 탓, 못되면 조상 탓'이란 속담이 있다. 여기에는 깊은 지혜가 들어 있다. 사람은 무슨 일이 잘되면 다 내가 열심히 노력했기 때문이라고 생각한다. 반대로 안 되면 이건 운이 안 좋거나 환경이 따라주지 못했기 때문이라고 생각한다. 그래야 자신을 근사하게 생각하고 살 수 있다. 이를 아름다운 착각이라 한다.

이런 아름다운 착각 덕분에 우리는 성공에 커지고, 실패에 작아지지 않으며 힘겨운 세상을 그나마 버티며 살 수 있다. 잘되면 나의 공이고, 못되면 운 탓이다. 그래서 잘되었을 때는 다른 사람에게 이게 다 네가 열심히 노력한 결과라는 말을 듣고 싶어 하고, 못되었을 때는 이번엔 운이 따라주지 않아서 그렇다는 말을 듣고 싶어 한다.

만약 남자친구가 "괜찮아. 다음에 또 보면 돼. 어떻게 회사가 이런 인재를 못 알아보냐. 더 크게 잘되려고 그러나 보다. 까짓것 잊어버리고 술 한잔하자"고 했더라면 여자친구는 남자친구를 정말 잘 두었다고 속으로 크게 기뻐했을 것이다. 상대가 듣고 싶어 하는 소리가 무엇인지 알고 말할 수 있어야 연인이 될 자격이 있다.

"그래서 결론이 뭐야?"

말이 길고 짧은 것에는 이유가 있다

낚시 동아리에 가입한 고등학생 아들이 친구들과 1박 2일로 낚시를 다녀왔다. 엄마가 아들에게 물었다.

"잘 다녀왔니?"

"네."

짧은 대답에 머쓱해진 엄마가 다시 물었다.

"그래 고기는 좀 잡았어?"

"네."

그게 전부였다. 아들은 피곤한 얼굴로 자기 방에 들어갔다. 엄마는 속으로 '이래서 딸이 있어야 된다고들 하는구나!' 싶었다. 미주알고 주알 낚시 다녀온 이야기를 아들이 해주리라 기대한 건 아니지만 최소한 이틀간 있었던 몇 가지 일은 말해줄 줄 알았다. 그러나 아들은

"네"라는 한마디만 하고 자기 방으로 들어갔다. 저녁에 돌아온 남편에게 아들과 나눈 이야기를 했더니 대뜸 남편이 말했다.

"그럼 됐지, 뭘 더 알고 싶은 거야?"

그럼 그렇지. 그 아버지에 그 아들이다 싶었다.

결혼 후 아내들이 남편과 대화하다가 가슴이 턱 막히는 첫 경험을 이야기하라면 "그래서 결론이 뭐냐?"고 물을 때라는 답이 많다. 똑같은 질문을 남편들에게 하면 아내가 뭘 자꾸 꼬치꼬치 물을 때라는 답이 많다. 개인차가 성별 차이보다 클 수 있다는 걸 인정해도 그래서 결론이 뭐냐고 묻는 사람이 여자보다 남자가 많다는 게 신기하다. 그런데 이렇게 결론이 뭐냐고 말하는 것은 우리뿐만 아니라 다른 나라에서도 남자가 압도적으로 많다고 한다. 이유가 무엇일까?

아주 먼 옛날, 사슴을 잡아 그것으로 먹고살아가는 마을이 있었다. 그 마을에서 사슴을 잡으러 가는 것은 남자였고, 잡은 사슴을 분배하여 먹고살기를 관리하는 것은 여자였다. 사슴을 잡으러 가면 남자들은 아주 빨리 움직여야 했다. 일사분란하게 움직여 잡지 않으면 사슴은 순식간에 멀리 도망갔다.

남자 중에 사슴 사냥을 제일 잘하고 경험이 많은 사람이 대장이 되어 명령을 내리면 다른 남자들은 지체 없이 명령에 따라 사슴을 향해 돌을 던지거나 창을 던져야 했다. 그때 긴 대화는 금지되었다. 사슴을 잡는 데 방해가 되기 때문이다.

짧고 결론 중심의 대화만 요구되었다. 맞았어? 잡았어? 예! 아니요! 네 마디면 충분했다. 사냥 후 마을에 돌아와서도 남자들은 말이 짧았다. 짧은 말이 습관이 되기도 했고, 사냥 후에 집에 오면 지쳐 말할 기운이 없었다.

남자들에 비해 여자들은 말을 많이 해야 살 수 있었다. 사냥해 온 사슴을 나누는 것에서부터 긴 말이 필요했다. 잘 나누지 않으면 불만을 품는 이웃 사람이 나오고 원만한 관계를 위해서도 설명이 필요하고 분배 후에는 다시 다독일 필요가 있었다. 사슴 잡는 마을에서 남자들의 말은 결론 중심의 '결론어'인 데 비해 여자들의 말은 과정 중심의 '과정어'가 되었다.

오랜 세월이 지나 더 이상 사슴 사냥을 하지 않는 시대가 되었다. 그러나 집단무의식으로 전해 내려오는 말 습관은 아직도 사슴을 사냥하는 마을 말을 흉내 내고 있다. 낚시를 다녀온 아들은 사슴을 사냥하고 온 마을의 남자를 대변한다. 낚시하느라 지쳤다. 고기는 잡았다. 그게 전부다. 그래서 엄마의 말에 결론만 말했다. 네 하고 대답했다. 그걸로 아들은 충분히 아들로서의 도리를 다한 거다.

아들에게 낚시로 잡아 온 고기를 받지는 못했지만 엄마는 사슴 잡는 마을의 여자를 대변한다. 이제 이야기할 시간이다. 낚시는 어디서 어떻게 했고, 무엇을 생각하고 느꼈는지, 재미난 에피소드는 없었는지, 친구 중에 재수 없는 말을 한 아이는 없었는지, 흐뭇한 배려를 한 친구는 없었는지 차례차례 들을 시간이다. 그런데 아들은 방으로 들어가 버렸다. 혼자 내쳐진 듯한 외로움이 밀려들 수밖에 없다. 엄마는 지금 아무 대화도 하지 못한 것이다. 그때 돌아온 남편이 한 방 더 날렸다. 그럼 됐지, 뭐가 더 궁금하냐고.

남자들과 그룹상담을 25년째 하면서 남자들끼리도 제일 힘들어 하는 남자는 결론을 바로 말하지 않고 소위 '서론만 10분'인 남자라는 사실을 느꼈다.

"아, 진짜 답답하네. 그래서 바람을 피웠다는 거예요, 안 피웠다는 거예요?"

자신이 외도한 사실을 장황하게 설명하는 남자를 모두 싫어했다. 일단 바람을 피우다 걸렸다고 결론을 먼저 말하고 설명을 하면 남자들은 편하게 들었다. 여자들과의 그룹상담은 달랐다. 결론이 그리 중요하지 않았다. 과정 자체가 중요했다. 과정마다 나타나는 감정이 주된 관심이었다. 21세기에 사슴은 더 이상 사냥의 대상이 아님에도 많은 남자들이 결론어에 익숙하고 여자들은 과정어에 익숙한 것 같다.

사슴 잡던 마을 남자를 대표해서 남편과 아들이, 여자를 대표해서 아내와 딸이 한 집에 사는 것이 오늘날의 가족일 수 있다. 그리고 직장이 될 수도 있다. 아직 사슴 잡던 마을의 흔적이 우리 말 속에 남아 있다면 서로 적응하는 게 가장 좋은 방법이다.

누가 누구에게 맞추는가는 중요하지 않다. 적어도 한 사람은 다른 사람의 대화 패턴에 적응하고 맞춰주면 화목한 가정, 즐거운 직장이 될 수 있다. 그래서 결론이 뭐냐고? 아, 또 사슴 마을이 시작되고 있다.

"책임은 내가 진다"

살맛나는 말은 따로 있다

"마음껏 소신대로 해보세요. 책임은 제가 지겠습니다."

선출직으로 막 교장이 된 초등학교 교장선생님이 전체 교사와 가진 첫 교무회의에서 말했다. 교장선생님은 약속을 지켰다. 돌연 학교에 활기가 돌기 시작했다. 선생님들은 자신이 생각해온 개성 있는 방법으로 학생들을 가르치기 시작했고, 다양한 아이디어들이 교실 안팎으로 적용되었다.

신임 교장선생님이 오기 전까지 선생님들은 새로운 아이디어를 낼 때마다 이전 교장에게 "잘못되면 선생님이 책임지실 거예요?"라는 말을 귀가 따갑게 들었다. 잘못될까 불안하고 그럴 경우 책임을 내가 져야 한다는 부담 때문에 그저 교장 지시대로 해왔다. 새로 부임한 교장의 말 한마디가 뭐라고 학교 건물은 그대로인데 학교 분위기는 봄꽃 같은 생기로 넘쳤다.

사람들이 싫어하는 감정 가운데 하나가 '부담감'이다. 부담의 반대 감정은 '홀가분함'이다. 병설이 시작될 때 여자는 부담감을 느끼고 끝났을 때 홀가분함을 느낀다. 직장에서 프로젝트가 시작될 때 직장인은 부담감을 느끼고 마쳤을 때 홀가분함을 느낀다. 시험을 앞둔 학생은 부담감을 느끼고 마치면 홀가분하다. 우리나라는 부담 공화국이라고 해도 좋을 만큼 태어나서 생을 마칠 때까지 크고 작은 부담이 끝없이 계속된다.

내게 주어진 일이 부담스러운 이유는 하나다. 잘못됐을 때 책임을 져야 하기 때문이다. 책임은 비난에서부터 직장을 그만두는 것에 이르기까지 하나같이 경험하고 싶지 않은 것들이다. 그러다 보니 책임지지 않기 위해 최고보다는 적당을 택하려는 경향이 나타난다.

뉴스를 보면 무슨 일이 터질 때마다 빠지지 않고 등장하는 말이 '책임자 처벌'이다. 책임자를 처벌하면 그 일이 마무리되는 분위기다. 산불이 나면 담당자를 처벌한다. 그러면 다시 산이 푸르러지는 것도 아닌데 일단 책임자를 처벌해야 들끓던 비난이 잦아든다. 그러다 보니 우리가 제일 피하고 싶어 하는 것이 책임지는 것이다.

첫날부터 모두 내가 책임지겠다고 한 초임 교장선생님의 말은 어느 날 갑자기 생각한 것일까? 아마 자신 역시 교장이 되기 전까지 책임이라는 말로 수없이 고민하고 좌절하며 괴로워한 경험이 있었을 것이다. 내가 평교사로서 경험한 고통을 나의 후임 교사들에게는 겪게 하고 싶지 않다는 결심을 했을 것이다. 결심에 이른 과정이 어떠했건 교장선생님의 한마디는 학교의 모든 선생님을 살맛나게 한 말이었다.

내가 운영하는 한국분노관리연구소가 이 학교에서 분노관리 프로그램을 아이들과 학부모에게 실행해보겠다고 교장실을 방문했을 때 교장선생님은 "참 좋은 프로그램 같습니다. 소장님 마음껏 해보십시오. 모든 책임은 제가 지겠습니다"라고 하셨다. 그 말을 듣자 가슴이 울컥해 하마터면 눈물이 날 뻔했다. 그렇게 시작한 분노관리 프로그램은 담당 선생님들의 즐거운 협조하에 일사천리로 진행됐다.

오전에는 10명의 엄마들과 함께 엄마와 아이 사이에 생기는 분노를 들여다보고 관리하는 방법을 찾아보았다. 오후 방과 후 시간에는 그 엄마들의 자녀인 10명의 아이들과 마음속 분노를 발견하고 관리하는 법을 찾아나갔다.

프로그램을 진행하는 팀원들에게 교장선생님 흉내를 낸 내가 말했다. "마음껏 해봐. 책임은 내가 다 질게!" 팀원들의 표정이 햇살처럼 밝아졌다.

교장선생님에게 배운 책임진다는 말을 집에 와서도 해봤다. 아내와 아들에게 책임은 내가 질 테니 하고 싶은 대로 뭐든 하라고 했다. 그런데 말을 하고 실제 책임지는 것은 말처럼 쉽지 않았다. 크고 작은 일들에 대해 빠짐없이 고민해야 했으며 가장 좋은 대처 방법을 찾아야 했다. 그리고 그것을 행동으로 옮겨 일을 원만하게 수습해야 했다. 힘들었지만 해냈을 때는 뿌듯한 마음이 가슴에 차올랐다.

신기한 것은 그 말을 들은 아내와 아들이 보통 때보다 신중하게 일을 결정하고 한다는 것이었다. 책임을 져주는 남편과 아빠에 대한 보답을 하는 것 같았다.

그렇게 몇 달을 보내고 교장선생님의 마음이 조금씩 헤아려졌다. 책임을 진다는 것은 참 멋진 일이란 것을 알게 되었다. 모두를 살맛나게 하고, 결과적으로는 책임진 자신을 살맛나게 한다는 것을. 무슨 일만 생기면 서로 책임을 떠넘기기 바쁜 세상에서 발견한 보석 같은 교장선생님의 한마디 말이 내가 사는 세상을 그래도 살맛나는 세상이 되게 해주었다. 책임을 지겠다는 마음을 내기 어려워 그렇지, 내고 나면 이렇게 멋진 일도 없는 것 같다.

"왜 사진 찍을 때 잡지 않았어요?"

설명할 때는 깊이보다 높이가 중요하다

초등학교 1학년이던 조카가 반 아이들과 파출소로 견학을 갔다. 지명수배 전단지를 보던 조카가 고개를 갸우뚱하며 물었다.

"아저씨, 이 사람들 누구예요?"

"응, 나쁜 짓을 해서 잡아야 할 사람들이야."

조카는 의아한 표정으로 다시 물었다.

"그럼 왜 사진 찍을 때 잡지 않았어요?"

인솔한 담임선생님과 경찰들이 크게 웃었다. 하지만 정작 질문을 받은 경찰은 조카의 눈을 바라보며 진지하게 말했다.

"응, 그건 아저씨가 달리기를 못해서 그래. 한 사람 사진 찍고 다른 사람 사진 찍으려고 하면 조르르 달아나고, 또 찍고 나면 조르르 달아나고 그래서 못 잡았어. 이제 아저씨도 달리기 연습 열심히 해서 잡을 거야."

아이들은 가끔 기발한 상상력으로 어른을 웃게 한다. 그럴 때 흔히 어른들은 선생님이나 경찰처럼 한바탕 웃은 뒤 진실을 말해주려 한다.

"그건 말이야, 나쁜 사람들 사진을 경찰이 찍은 게 아니고 원래 주민등록증에 있는 사진이야."

이제 이야기가 복잡해지고 어려워진다. 아이는 어른의 말을 알아듣지 못한다. 그리고 처음 가진 의문은 더 미궁 속으로 빠져든다. 아이 수준보다 너무 깊이 들어간 설명이기 때문이다. 아이에게 필요한 것은 깊이가 아니다. 높이에 맞는 대답이다. 달리기가 느려 못 잡았다는 아저씨는 깊이보다 눈높이가 중요하다는 것을 잘 알았던 현명한 경찰이다.

아들이 어느 날 물었다.

"엄마 왜 해는 저녁이 되면 산으로 넘어가요?"

엄마가 답했다.

"응, 그건 낮에 해가 일을 많이 해서 자러 가는 거야."

아이가 고개를 끄딕이며 다시 물었다.

"그럼 왜 달은 밤에 일해요?"

"응, 아빠랑 엄마랑 일 하는 곳이 다른 것처럼 해는 낮에 일하고, 달은 밤에 일하기로 해서 그래. 서로 사이좋게 밤낮으로 세상을 환하게 해주는 거야."

달리기를 못해서 도둑을 놓쳤다는 경찰처럼 엄마도 깊이보다 높이가 아이에게 더 소중하다는 것을 알았다.

대화를 잘하는 사람을 보면 높이를 잘 맞춘다. 시골 장터에서 나물 파는 할머니를 만나면 쉬운 말로 대화하고, 학자를 만나면 교양 있는 말로 대화한다. 둘을 혼동하지 않는다. 높이를 맞추면 마음의 문이 열리고 그 문을 통해 마음이 강물처럼 흐른다.

높이를 맞춘다는 것은 말투를 비슷하게 한다는 의미가 아니다. 아무리 아이 말투를 흉내 내도 아이가 원하는 것을 모르면 높이를 맞춘 게 아니다. 사진 찍을 때 왜 잡지 않았느냐고 묻는 조카가 궁금해한 것은 못 잡은 이유이지 사진이 어떻게 여기 붙어 있게 됐느냐가 아니다. 해가 왜 산 너머로 넘어가느냐는 아이가 궁금한 것도 자전과 공전의 원리가 아니다. 밤과 낮이 구분되어 있다는 것이다. 가려운 곳을 긁어주는 것이 높이를 맞추는 것의 핵심이다.

중국의 사상가 한비자는 설득의 어려움은 화술의 부족이 아니라 상대가 원하는 바를 모르는 데서 온다며 이렇게 설명했다. "지금 어떤 사람이 명예를 중하게 여기는데 그 앞에서 내가 이익을 말하면 나를 천박하다 하여 내칠 것이다. 그런데 다른 사람이 이익을 중하게 여기는데 명예를 말하면 나를 세상물정 모른다 하여 내칠 것이다."

사람은 속을 드러내지 않기 때문에 무엇을 중요하게 여기는지 알기 어렵다. 그래서 설득이 여간 어렵지 않다. 어른과 어른 사이에서 높이를 맞추기 어려운 이유는 상대 마음에 무엇이 있는지 알기 어렵기 때문이다.

이에 비해 아이와의 대화는 아이가 어른만큼 속을 감추지 않기 때문에 조금만 내 기준을 내리고 아이 말에 귀 기울이면 어렵지 않다. 게다가 아이들은 순수하고 단순해서 복잡하게 돌려 말하지도 않는다. 아이와 높이를 잘 맞추지 못하는 어른은 자기 틀에 갇혀 있기 때문이다.

또한 모르면 아이에게 물어보면 된다. 어느 날 아들이 하늘이 왜 파란지 물었다. "글쎄 왜 그럴까?" 아들은 가만히 생각하다 말했다. "아빠, 그건 하얀 구름에는 파란색이 제일 잘 어울려서 그래." 아! 그렇구나. 역시 높이가 달라지면 관점도 새로워진다.

"왜냐고 물어보는 게 그렇게 어려우셨어요?"

화내기 전에 이유부터 묻자

어느 집의 이야기다. 초등학교 4학년 아들이 씩씩거리며 돌아왔다. 손에는 반성문 한 장이 들려져 있었다. 왜 반성문을 들고 왔냐고 물어보자 아들이 반성문을 집어던지며 말했다. "몰라! 선생님 미워!"

수업시간에 '20년 뒤 내가 무엇이 되어 있으면 좋을까?'에 대한 답으로 선생님이 나누어준 쪽지에 장래희망을 쓰게 했다. 아들은 가만 생각한 뒤 '백수'라고 썼다. 아이들의 쪽지를 거둔 선생님의 얼굴이 찌푸려졌다. 아들 이름을 부르고 하얀 쪽지를 주며 다시 쓰라고 했다. 아들은 이번에도 똑같이 백수라고 써냈다.

선생님이 "백수가 희망이냐?"고 큰소리로 나무랐다. 순간 반 아이들이 떠들썩하게 웃었다. 얼굴이 붉어진 아들에게 선생님은 종이 한 장을 주며 집에 가서 반성문을 써 오라고 했다. 그날 아이들에게 놀림을 당하고 반성문을 가져온 아들은 방문을 쾅 닫고 들어가 울었다.

엄마가 저녁에 조용히 아들에게 정말 20년 뒤에 장래희망이 백수냐고 물었다. 아들은 엄마 얼굴을 쳐다보며 대답했다. 그렇다고. 엄마가 왜 백수면 좋겠느냐고 물었다. 농구를 좋아하던 아이는 농구를 하고 집에 왔을 때마다 엄마가 있으니 너무 좋았다고 했다. 먹을 것도 해주고 농구했던 걸 자랑하면 들어줘서 좋았다는 것이다. 10년 뒤 희망을 쓰라고 했으면 농구선수를 썼을 거라고 했다.

그런데 20년 뒤를 쓰라고 하니 그때는 자기가 결혼했을 때 같아서 뭘 하고 싶은지 생각했단다. 그랬더니 농구선수로 돈을 많이 벌어서 집도 사고 엄마처럼 아이들이 학교에서 돌아오면 말도 들어주고 잘 해주고 싶었다는 거다. 왜 엄마가 집에 없고 아빠인 네가 집에 있냐고 물었더니, 돈을 많이 벌어 아내가 하고 싶은 걸 도와주고 싶단다. 지금 엄마 혼자 집에 있는 걸 보니 안돼 보여서 결혼하면 엄마는 나가고, 아빠인 자기가 지금 울 엄마처럼 아이를 돌봐줄 거란다. 그래서 고심 끝에 백수라 했다는 거다.

엄마는 마음이 복잡해졌다. 아들이 자기 고생을 알아주는 게 기특하고 뭉클했고, 이런 사연을 하나도 듣지 않고 반 아이들 앞에서 망신을 주고 반성문을 쓰라고 한 선생님이 야속했다.

다음 날 아들은 선생님이 내일 엄마를 학교에 모시고 오란다고 했다. 이번엔 반성문 때문이었다. 선생님이 반성문에 왜 잘못했는지, 친구들에게 어떤 나쁜 영향을 주었는지, 앞으로 어떻게 잘할 건지 세

가지를 써 오라고 했는데 아들은 세 질문에 똑같이 "나는 모르겠다"고 쓴 것이다. 반성문을 보고 화가 머리끝까지 난 선생님이 엄마를 모시고 오라고 한 것이다.

그다음 날 학교에 간 엄마는 선생님에게 자초지종을 이야기하고 어쩜 그럴 수 있느냐고 따졌다. 선생님은 엄마에게 제가 물어보지도 않고 제 생각대로 해서 죄송하다고 고개를 숙였다. 엄마가 한마디 했다.

"선생님, 왜냐고 물어보는 게 그렇게 어려우셨어요?"

옛날이나 지금이나 어른은 아이를 생각이 아직 모자란 존재로 여기는 경향이 있다. 그래서 어른인 자신이 이해 안 되는 소리를 하면 대뜸 야단부터 치고 화부터 낸다. 그러나 아이는 어른이 생각하듯 그렇게 생각이 없거나 모자란 존재가 아니다. 아무리 어린 아이도 자기 나름대로 이유가 있고 생각이 있다. 이 아이도 선생님이 몇 초만 시간을 내 왜 백수로 썼느냐고 물어보았더라면 좋았을 것이다. 기발하고 기특한 생각을 가진 아이로 보게 되어 아이들의 부러움을 사고, 선생님과 친근해졌을 것이다.

백수란 나쁜 것이고, 백수라 쓴 것은 장난을 친 것이며, 나도 모르겠다고 반성문에 쓴 것은 반항이라고 선생님은 혼자 판단하고 결론내렸다. 아이는 두고두고 놀림감이 됐고 선생님이 싫어졌다.

우리가 머릿속에 평생 데리고 다니는 두 마리 개가 있다. 편견과 선입견이다. 이 두 마리는 언제나 사고를 칠 수 있다. 특히 힘 있는 윗사람이라면 좋지 않은 영향을 크게 미칠 수 있다. 두 마리 개를 간단히 잠잠하게 하는 먹이가 있다. 왜냐는 질문이다. 왜 백수라고 썼니? 왜 나는 모르겠다고 썼니? 왜 그랬느냐고 질문할 기회가 여러 번 있었는데, 신생님은 머릿속 개 두 마리를 잡지 못했다.

살면서 오해의 절반 이상은 왜라고 묻지 않아서 생긴다. 오해는 미움과 분노를 낳고 결국 회복하기 힘든 상처와 앙금을 낳는다. 설령 내가 잘 이해한 것 같아도 잘 이해한 것이 맞는지 묻는 습관을 가지면 누구에게도 해가 될 것이 없다. 하물며 내가 잘 이해하지 못하는 상대의 말과 행동은 반드시 물어보는 습관을 들여야 한다. 그것이 상대를 살리고 나를 살리는 말 습관이다. 질문 하나로 더 많이 알고 이해할 수 있다.

"물맛이 제일 좋습니다"

말하는 목적을 생각하고 말하자

대학 동창 부부들을 초대하여 저녁식사 대접을 하고 있었다. 학교 다닐 때부터 눈치가 없었던 친구가 저녁을 먹다 말했다.

"아, 이 집에서는 물맛이 제일 좋습니다!"

순간 음식을 준비한 아내의 눈동자가 흔들렸다. 분위기가 썰렁해지자 옆에 앉은 친구 아내가 꼬집으며 속삭였다. "아이고, 음식 맛이 좋다고 해야지!" 잠시 후 조금 전 말실수를 만회하려는 듯 그 친구가 다시 말했다.

"야아, 고기 좋은 거 쓰셨나 봐요. 고기가 아주 맛있습니다."

그 말에 아내의 눈빛이 싸늘해졌다. 그날 후 아내는 동창 부부 모임에 참석하지 않고 있다.

말은 아 다르고 어 다르다. 말 한마디로 천 냥 빚도 갚는다. 내 친구는 말 한마디 잘못했다가 내 아내의 눈에서 벗어났고 멀쩡한 다른 동창 부부들에게도 민폐를 끼친 꼴이 됐다. 친구는 지금도 억울할 것이다. 자기가 뭘 잘못했는지 모르기 때문이다.

물이 맛있어서 맛있다고 했고, 고기가 맛있어서 맛있다고 말한 것뿐인데 무엇이 잘못이란 말인가. 친구의 생각대로 말의 내용에는 잘못이 없다. 다만 표현에 잘못이 있다.

친구는 말하는 목적을 생각해서 말해야 한다는 것을 몰랐다. 특히 칭찬할 때는 목적을 생각해야 제대로 된 칭찬이 된다. 물맛이 좋다 하면 칭찬의 목적이 물이 되어버린다. 물이 사람이라면 그 말을 알아듣고 "그렇게 제 칭찬을 해주시니 고맙습니다" 하고 인사하겠지만 물은 알아듣지 못하는 무생물일 뿐이다. 그럴 때는 "음식을 맛있게 하셔서 그런지 오늘은 물까지도 맛있네요" 하고 칭찬해야 한다.

그러면 말의 목적대로 음식을 내놓은 사람이 "그렇게 말씀해주시니 기쁘네요" 하고 말하기 마련이다.

고기 좋은 거 쓰셨나 보다는 말도 칭찬의 목적이 고기를 준비하고 요리한 사람이어야 한다. "같은 고기인데도 이렇게 맛이 좋을 수 있네요" 하고 칭찬하면 좋을 것이다. 그러면 고기를 요리한 사람은 좋게 평가해주셔서 고맙다고 했을 것이다. 재료도 중요하지만 거기에는 준비하고 요리한 사람이 들어가야 한다.

사람은 완전하지 않기 때문에 자신에 대해 불안한 마음이 있다. 그러다 보니 칭찬에 목말라 있다. 그래서 칭찬은 고래도 춤추게 한다는 책이 사람들 눈을 끌었다. 누구나 칭찬을 듣고 싶어 하지만 제대로 칭찬하는 법을 아는 사람은 많지 않다. 칭찬하는 법을 배워본 적이 없고, 제대로 된 칭찬을 많이 받아보지도 않았다. 칭찬의 기본 원리는 목적을 생각하는 것이다. 칭찬받는 사람이 목적이 되게 칭찬하면 좋은 칭찬이다.

오랜만에 만난 친구의 피부가 좋아 보여서 무슨 화장품을 쓰냐고 물으면 칭찬의 효과가 사라진다. 어떻게 관리했는데 이렇게 피부가 좋아졌느냐고 물으면 나을 것이다. 물론 궁금해서 물을 수 있지만 애초에 칭찬이 목적이었다면 대상이 사람이라는 점에 주의해야 한다. 목적은 피부를 이렇게 관리한 사람이어야 한다. 실제로는 화장품이 좋아서 피부가 좋아졌을 수 있다. 그러나 당사자는 그렇게만 생각하지 않는다. 매일 잘 씻고 피부에 신경 쓰고 화장품을 정성스럽게 바른 노력이 있었다. 제품보다는 그러한 노력을 누가 알아주고 인정해주길 바란다. 그걸 칭찬해주는 친구는 참 괜찮은 친구인 것이고, 화장품부터 묻는 친구는 정작 나에게는 관심이 없는 친구인 것이다.

같은 원리를 적용한다면 다이어트에 성공한 친구를 어떻게 칭찬해야 할까? 무슨 다이어트를 했느냐고 물어보는 것은 그다음이다. 무엇을 했건 이런저런 유혹을 물리치고 지속한 노력이 중요하다. 그것을 인정하고 놀라워해줘야 한다. "야, 너 진짜 독하구나! 부럽다." 이렇게 칭찬해야 한다. 재수 끝에 원하던 대학을 간 친구에게도 다짜고짜 어느 학원을 다녔느냐고 물어보면 좀 그렇다. 어떻게 공부해서 합격

했냐고 물으면 어련히 자세히 알려줄까.

물맛이 제일 좋다던 친구는 억울할 것이다. 칭찬할수록 사람들이 나를 피한다면 답답해질 것이다. 목적만 제대로 잡고 말하면 노력에 비해 사람 관계가 더 좋아지고 풍성해진다. 어떤 칭찬은 하지 않는 게 나을 수 있다. 칭찬은 목적을 생각하고 제대로 해야 한다.

"남자 분양 하나 해달라고 하세요"

때로는 말이 주먹보다 무섭다

불화한 부부들이 1박 2일 일정으로 참여한 부부캠프 둘째 날. 아침을 먹고 나오다 한 남편이 어젯밤 친해진 부부들 중 아내 몇 사람에게 실실 웃으며 농담을 건넸다.

"사는 게 힘드시지요? 다 외로워서 그래요. 우리 마누라가 남자들 많이 알고 있으니까 남자 분양 하나 해달라고 하세요."

그 순간 곁에서 듣고 있던 그의 아내 눈이 이글거리며 번쩍이는 게 보였다.

잠시 후 강의실에서 진행을 하려는데 그 부부가 보이지 않았다. 캠프 담당 실무자가 놀란 얼굴로 달려와 잠시 시작을 늦추어달라며 비상 상황이 벌어졌다고 했다. 지금 그 부부 숙소에서 큰 소리와 욕설이 들리고 싸움이 났다는 것이다. 놀라서 실무자를 따라 숙소 방으로 올라갔더니 찢어질 듯한 아내의 고성과 남편의 비명 소리가 났다. 황급히 호텔에서 준 예비키로 문을 열고 들어갔다.

러닝셔츠만 입은 남편이 가방을 양손에 움켜쥐고 방구석에 쪼그려 앉아 벌벌 떨고 있었다. 남편은 눈물을 뚝뚝 떨구며 말했다.

"제가 이러고 살아요. 이러고 삽니다. 아, 미치겠어요."

아내는 흥분이 풀리지 않은 눈빛으로 고래고래 소리를 질렀다.

"야, 내가 몸 팔아주는 여자냐! 분양? 분양?"

농담 한마디의 결과가 참담했다. 결국 이 부부는 캠프를 중간에 그만두고 덜덜 떠는 남편을 팽개친 아내가 떠나는 것으로 끝이 났다. 아침에 이런 사달이 난 이유는 남편의 분양받으라는 농담 한마디에 있었다. 곁에서 들었던 아내들은 이구동성으로 그 말을 듣는 순간 무슨 일이 날 줄 알았다고 했다. 아내들의 촉대로 정말 큰일이 벌어지고 말았다.

아무리 가까운 부부 사이라 해도 해야 할 말이 있고 해서 안 될 말이 있다. 그 남편은 남자 하나 분양받으라는 자신의 말이 아내를 어떤 여자로 만드는지 가늠하지 못했던 걸까. 조금이라도 생각이 있었다면 여러 사람 앞에서 그런 말을 할 수 있었을까.

사람이 가장 화가 나는 순간은 모멸감을 느낄 때다. 나치가 만든 아우슈비츠수용소에서 포로들의 모든 감정이 사라졌지만, 유일하게 분노만은 남아 있었다. 가혹행위를 당해서 오는 분노가 아니라 그런 행위를 당하면서 느낀 인간으로서의 모멸감 때문이었다. 누구나 자신의 존재가 하찮아질 때 모멸감과 분노를 느낀다. 분양받으라는 말은 농담이라는 말로 지나칠 수 있는 말이 아니다. 아내의 말처럼 순식간에 몸 팔아주는 여자로 만든 치욕적인 말이다.

만약 그날 아침에 남편이 "사는 게 힘드시지요? 다 외로워서 그래요. 저도 우리 마누라 많이 외롭게 해서 반성 중입니다"라고 말했더라면 어땠을까. 아내들 사이에서 부부캠프 와서 효과를 본 남편으로 인정받지 않았을까. 아내도 그렇게 말하는 남편이 기특해서 "어유, 당신 그런 생각이 들었어?" 하며 등을 토닥여주었을 수 있다.

아침의 사건 때문에 그날 부부캠프는 부부 사이를 가깝게 하는 말과 멀게 하는 말이 주제가 되어 비슷한 경험을 나누는 시간이 되었다. 결론은 말 한마디로 천 냥 빚을 갚고, 천 냥 빚도 진다였다. 때로는 말이 주먹보다 훨씬 큰 상처를 준다. 두고두고 잊히지 않는 마음의 상처를 만드는 데는 주먹보다 혀의 힘이 크다. '자나 깨나 말조심.' 부부 수첩에 꼭 적어야 할 표어다.

말 한마디로 없던 정도 생기고 있던 정도 없어지니 말이다. 문득 궁금해진다. 그때 곤욕을 치른 남편은 지금쯤 말이 조금 나아졌을까.

"그걸 왜 네가 정해?"

상대방이 할 말은 상대방이 하게 하자

"물 고마운 줄 알고 살아!"

병원에 입원한 친구를 면회 갔더니 친구가 이젠 물도 제대로 마시지 못한다며 나에게 한 말이다. 사실 그렇게 말하지 않았어도 물도 못마신다는 말을 들었고 물 마시고 사는 것이 감사할 일이라고 생각하던 차였다. 그런데 친구가 고마운 줄 알고 살라고 확인까지 해주니 어쩐지 그런 마음이 희석되었다. 마치 숙제를 막 하려고 책상에 앉은 아이에게 엄마가 빨리 숙제하라고 채근하면 마음이 사라지는 것처럼.

고등학교 시절 크리스마스가 다가오자 한 친구가 쉬는 시간에 나를 찾아왔다. 크리스마스 축하카드를 써 왔다며 건넸다. 내가 고맙다며 책상 위에 놓으려 하자 한번 읽어보라고 했다. 헉, 부담스러웠다. 있다 읽어보겠다고 하자 친구는 한사코 자기 앞에서 읽어보란다. 할 수 없이 어색하게 떠듬떠듬 내용을 읽기 시작했다. 웃으며 내가 읽는 걸 다 들은 친구가 물었다. "야, 고맙지?" 순간 고마운 마음이 싹 사라졌다.

깨달음이나 감정은 지극히 사적인 것이라 남이 대신 해줄 수 없다. 그것을 남이 대신할 때 우리는 무엇인가 나의 것이 빼앗겼다는 상실감을 경험한다. 물이 중요한 것은 내가 깨닫는 것이지 친구가 깨달으라고 해서 깨닫는 것이 아니다. 직접 만들고 써 온 크리스마스카드가 고마운 것은 내가 느끼는 것이지 친구가 고맙지 않느냐고 해서 느끼는 게 아니다. 그런데도 내 친구들은 물이 중한 걸 알라고 충고했고, 카드를 고마워하라고 요구했다.

텔레비전에서도 이런 장면을 자주 볼 수 있다. 휴먼다큐멘터리를 보면 시청자가 느껴야 할 감정을 자막으로 처리하는 경우가 많다. '너무 슬픈 이야기가 가슴을 찡하게 하는데' 같은 자막이 흐르면 찡하려던 마음의 일부가 훼손되어 사라진다. 저건 내가 영상 속 스토리를 보면서 자연스럽게 느껴야 하는 감정인데 왜 작가들이 자막으로 규정해버리는 걸까.

가수들이 노래를 부르는 프로그램 아래에는 '감미로운 목소리로 전하는 애절한 가사' 같은 자막이 나온다. 이 노래는 이렇게 느껴져야 한다고 은근히 강요하는 것 같아 기분이 좋지 않다. 이 역시 시청하는 사람이 주관적으로 느낄 자리를 빼앗는다. 서툴고 어색하지만 나만의 감동을 휴먼다큐멘터리 영상에서 느끼고 싶고, 노래를 들으면서 느끼고 싶다.

그런데 이런 실수는 나도 가족들에게 자주 저지른다.

"아빠가 끓인 라면 맛 좋지?" "아빠가 이렇게 해주니까 고맙지?" "누가 라면을 이렇게 맛있게 아들에게 끓여주냐!"

그럴 때마다 아들과 옆에 있던 아내가 말한다.

"아, 라면만 끓여주었으면 딱 좋았는데. 아빠는 다 된 라면에 꼭 코를 빠트려."

입원한 친구가 나에게 "물 한 모금 마시는 게 이렇게 귀한 줄 몰랐어"라고 말했다면 좋았을 것이다. 카드를 주며 친구가 "나중에 시간 될 때 읽어봐" 했으면 좋았을 것이다. 나도 아들에게 "아빠가 끓인 라면 한번 먹어봐" 했으면 좋았을 것이다.

상대방이 할 말은 상대방이 하게 하는 게 좋은 말 습관이다. 다른 사람의 느낌은 나의 느낌이 아니다. 나는 내 몫만 말하면 된다. 상대의 몫까지 말하려다 "그걸 왜 네가 정해?"라는 말을 듣고 싶지 않다면.

"당신이 더 중요해"

우선순위를 기억하라

아내와 아침 일찍 강원도 동해안으로 주말여행을 가기로 했다. 아침 7시 전에 출발해야 영동고속도로가 덜 막힌다. 그런데 아내는 지난밤에 한 약속을 잊은 듯 정신없이 자고 있었다. 깨울까 하고 잠시 고민하다가 놔두었다. 아내는 9시가 다 돼서야 눈을 떴다. 시계를 본 아내가 놀라며 어떻게 하느냐고 걱정스런 말을 했다. 아내에게 말했다.

"여보, 당신 잠이 더 중요해. 당신 건강이 우선이지. 바다한테 몇 시에 간다고 약속한 것도 아니니 더 자요. 오늘 중에 가면 된다 생각하고 천천히 움직이자고. 각이 섰던 아내의 어깨선이 툭 떨어지며 편안한 선이 되었다. 우리는 오전 10시쯤 출발했다. 차는 밀렸지만 마음은 편했다. 오후에 도착한 바다에서 느긋한 시간을 가졌다.

살다 보면 우선순위를 혼동할 때가 있다. 앞에 두어야 할 것을 뒤에 두면 어김없이 불협화음과 갈등이 생긴다. 가끔 가게에서 다투는 부부를 보면 남편이 종업원 편을 들며 아내에게 그만 좀 하라는 경우가 있다. 그때 아내는 종업원과 남편을 번갈이 보면서 남편에게 항의한다.

"당신 지금 누구 편드는 거야?"

보통 그럴 때 남편은 기가 막히다는 표정으로 아내를 노려본다.

'아니, 내가 아무리 생각해도 잘못은 당신이 한 것 같은데 왜 그래?'

남편은 무죄인 동시에 유죄다. 판사 역할을 제대로 한 것은 무죄이지만 우선순위를 뒤바꾼 것은 유죄다. 남편은 어떠한 경우에도 1순위가 아내여야 한다. 늘 아내 편에 남편이 서 있어야 한다. 잘잘못은 그 뒤에 가려야 한다. 종업원이 억울하다 싶어도 우선순위에서 아내가 앞서 있으므로 최소한 침묵을 지켜야 한다. 아주 심각한 상황이 아니라면 종업원과 아내 둘 사이의 문제라 생각하고 잠시 비켜서 있는 게 낫다.

만약 강원도로 출발하기로 한 아침에 아내가 자고 있다고 싫은 소리를 했다면 어떻게 됐을까. 아내는 볼멘소리로 어젯밤에 늦게 잤더니 눈이 안 떠지는데 어떻게 하냐고 짜증을 냈을 것이다. 그리고 서로 언짢은 마음으로 하루를 시작했을 것이고, 운전하고 가는 내내 말없이 냉랭했을 것이다. 시간을 지키는 것이 앞의 순위에 있지 않다. 어차피 즐거운 시간을 가지려고 떠나는 여행인데 이른 출발이 임무가 될 필요는 없다. 출발은 조금 늦었지만 결국 강원도 여행은 돌아올 때까지 즐거웠다.

결혼하는 순간 서로 암묵적으로 약속하는 것이 있다. 이제부터 이 세상에서 당신이 제일 중요한 사람이라는 거다. 아이가 어릴 때 아빠는 누구를 제일 사랑하느냐고 묻곤 했다. 그때마다 내 대답은 "엄마!"였다. 아이는 "그럼 나는?" 하고 되물었다. "그런 엄마랑 아빠가 제일 사랑하는 게 너야!"

나는 우선순위를 바꾸지 않았다. 아들은 지금도 우리 집 아빠의 우선순위 1위는 엄마이며 자신은 그런 1위의 1위인 것을 알고 있다.

부부상담을 하면서 우선순위 정상화로 많은 부부의 갈등이 일시에 해소된 경험을 여러 번 했다. 남편이 시부모나 형제를 우선으로 하는 집이 화목한 경우를 별로 보지 못했다. 반대로 아내를 우선하는 남편은 아내도 살리고 시댁도 살리는 경우가 많았다.

현명한 남편은 본능적으로 지금 무엇을 우선으로 해야 할지를 안다. 그래서 사랑받고 존중을 받는다. 어리석은 남편은 종종 뒤에 있어야 할 것을 앞에 가져와 미움을 사고 홀대를 받는다. 무엇을 우선으로 해야 하는가를 잘 모르겠다면 부부 최우선, 우리 가족 최우선을 떠올리면 별 탈이 없다.

우리나라 사람이 어릴 때부터 가장 많이 들어온 말 두 가지가 있다. '인과응보'와 '가화만사성'일 것이다. 우선순위를 제대로 알면 복을 받고 혼동하면 벌을 받는다는 말이 인과응보다. 우선순위를 제대로 알아 집이 편해지면 만사가 이루어진다는 것이 가화만사성이다.

"손으로 하는 말은 왜 안 배우나요?"

안 배운 것이 아니라 못 배운 것이다

수도자에게 상담을 가르치는 일을 시작했는데 강의실에 특별한 학생이 있었다. 듣지 못해도 수도자의 길을 가는 농인 수사님이었다. 농인 수사는 세계적으로도 몇 명 안 된다는 것을 이번에 알게 되었다. 그리고 듣는 사람을 청인, 듣지 못하는 사람을 농인이라 부르며 농인이 쓰는 말을 수어라 한다.

수사님은 입 모양을 보고 말을 알아들어야 했다. 그래서 수업시간에 눈을 떼지 않고 나를 바라보았다. 눈이 얼마나 아플까 싶었지만 내가 도울 일이 딱히 떠오르지 않았다. 살면서 고마웠던 사람을 주제로 강의할 때 농인 수사님이 손을 들고 동료 수사 이야기를 꺼냈다. 듣지는 못했지만 입 모양을 따라 하는 연습을 통해 발음할 수 있었다.

세상과 떨어져 2년간 수도회에서 수련 생활을 할 때 자유시간이라고는 취침 전 30분이었다고 한다. 동료들이 대개 이 시간이면 취침 준비를 하는데, 동료 한 명이 여러 날 동안 이 시간에 보이지 않았다. 그러다 취침에 필요한 물건을 가지러 교실로 향했는데 텅 빈 교실에 그 동료가 홀로 앉아 있었다. 그는 수어 책을 펼친 채 열심히 손가락을 놀리며 연습 중이었다. 가끔씩 수련수사들이 모여 즐거운 이야기를 하며 웃음을 터뜨릴 때 혼자 웃지 않는 농인 수련수사를 본 동료가 수어를 배우기로 결심했던 것이다.

　이후 동료 수사는 미사 때마다 농인 수련수사 맞은편에 앉아 수어 통역을 해주었다. 시간이 지나면서 수도회 안에서 여러 수련수사들이 수어를 배우기 시작했고 통역이 가능한 수준까지 이르렀다.

　사람은 아는 만큼 보이고, 보이는 만큼 도울 수 있다. 나 역시 농인 수사님을 만나지 못했다면 청인, 농인, 수어라는 표현에 익숙해지지 않았을 것이다. 다행히 농인 수사님을 만나 함께 한 학기를 보내면서 농인에게 관심을 가지게 되었고, 수어에 대해서도 호기심이 생겼다. 경험은 도움의 새로운 영역을 확장해주는 징검다리다. 이번 계기로 농인 학생이 수업을 듣게 되면 어떻게 진행해야 하는지 알게 되었다. 접촉이라는 경험이 서로를 이해하고 받아들이는 계기가 된다. 이후로 농인 수사님과 밥도 함께 먹는 사이가 되었다.

　식사 중에 수사님이 유럽 여행 중에 만난 노부부 이야기를 들려주었다. 유럽 노부부와 함께 앉았는데 두 분 모두 수어를 능숙하게 하더란다. 한참 대화를 나누다 노부부가 물었다. 한국 사람들 중에 수어를 하는 사람들이 많은지. 아주 적다고 하자 그들은 이런 말을 했다고 한다.

"외국인과 대화하려고 그렇게 열심히 영어를 배우는데 정작 같은 나라 사람인 청각장애인과 대화하기 위해 손으로 하는 말은 왜 안 배우나요?"

수사님은 할 말이 없었고 괜히 얼굴이 붉어졌다고 했다.

이야기를 들으면서 우리가 일부러 관심을 안 가진 것이 아니라 관심을 가질 만한 경험을 못 한다는 생각이 들었다. 청각장애인을 만날 기회가 적으니 관심 가질 일이 없고, 관심이 없으니 수어를 배울 생각을 못 한 것일 뿐이다. 그것을 탓할 수는 없다.

농인 수사님이 이제 수도자나 성직자가 되어 소임을 하다 보면 많은 청인을 만날 것이다. 그들에게도 새로운 경험이 될 것이고 어울리는 과정에서 자연스럽게 수어를 배우는 사람들이 나타날 것이다.

"난 3분 넘으면 안 봐"

상대가 원하는 방법으로 전하기

중3이 된 아들에게 요즘 고민되거나 아빠에게 물어보고 싶은 게 있느냐고 했다. 아들은 평소 궁금하던 한 가지를 질문했다.

"분명히 밤에 내일부터 이렇게 공부를 해야겠다고 굳은 결심을 하는데 다음 날이 되면 계획한 것을 지키지 않고 유튜브를 보거나 게임을 하고 있거든. 왜 결심을 해도 안 지켜지는 걸까? 그게 궁금해."

아들의 질문을 듣고 생각해보니 나도 그 나이 때 그랬던 것 같다. 다만 유튜브와 게임이 전자오락실과 만화였을 뿐, 수없이 공부계획표를 그려놓고 번번이 좌절했으며 계획표를 구겨 쓰레기통에 버리곤 했다. 나 역시 정말 왜 그럴까 궁금했지만 아들처럼 물어봐 준 사람도 없고 나 혼자 깊이 생각해보지도 못한 채 지금 이 나이가 되었다.

하루 종일 끙끙거리며 캠코더를 설치하고 방 안을 세트장으로 만들었다. 그리고 서툰 손으로 50분짜리 동영상을 만들었다. 그리고 편집해서 유튜브에 일부공개로 업로드하였다. 뿌듯한 얼굴로 아들에게 너의 질문에 대한 대답을 만들어 유드브에 올렸으니 한번 보라고 했다. 아들이 나를 보며 물었다. "아빠, 그거 몇 분짜리야?" 당황하기 시작했다. '엥, 왜 시간을 묻는 거지.' 50분이라는 말에 아이의 얼굴에 묘한 표정이 비치더니 내 눈을 피하며 말했다. "헤헤, 근데 아빠, 난 3분 넘으면 안 봐!"

순간 '아, 내가 또 나 중심의 사랑을 했구나!' 번개처럼 깨달음이 왔다. 아무리 좋은 답이 담긴 동영상이라 해도 아들이 보지 않는다면 무용지물이다. 게다가 나는 아들이 길어야 5분 이내에 영상이 끝나는 유튜브에 익숙한 세대라는 것을 잊고 있었다. 다시 50분을 10분으로 줄인 강의를 하고, 한참 동안 편집을 해 5분으로 줄였다. 아들이 좋아할 〈토이 스토리〉 컷을 골라 5분으로 편집해 영상을 만들었다. 그렇게 아들이 5분간 볼 영상을 만드는 데 꼬박 이틀이 걸렸다. 5분 영상에서 아들에게 공부계획이 생각처럼 지켜지지 않는 이유를 짧게 설명했다.

"네가 배고파서 먹는 음식은 달려가서 먹지만, 엄마가 먹으라고 해서 먹는 음식은 몇 번을 불러도 안 가게 되지? 사람은 말이야 자기 이유로 하는 건 하지 말라고 해도 하게 돼. 하지만 남의 이유에 의한 건 자꾸 안 하게 돼. 네가 지금 하는 공부도 그래. 너의 이유로 하는 것 같지만 세상의 이유, 학교의 이유, 부모의 이유로 하는 거거든. 그래서 아무리 큰 결심을 해도 잘 안 지켜지는 거야. 그게 정상이야. 근데 아빠는 매일 공부하는 게 힘들지 않고 계획을 세우면 잘 지킨단다. 그건 아빠의 이유로 공부를 해서 그래. 이유는 목적과 의미로 나누어진단다. 내가 왜 이걸 해야 하는가가 목적이고, 그 목적을 이루기 위해 하는 이것에 가치를 두는 게 의미야. 아빠의 목적은 사람의 마음을 편하게 해주는 거거든. 그래서 심리 공부는 큰 가치가 있어. 아빠가 공부하는 이유가 분명한 거야. 너도 앞으로 네가 평생 하고 싶은 일이 생기면 해야 할 일이 가치 있어질 거고, 그땐 계획이 왜 이렇게 잘 지켜지지 하고 반대로 물을지도 몰라. 지금은 마음껏 방황하고 원하는 걸 찾아보렴. 아빠가 늘 곁에서 응원해줄게."

아들은 기분 좋게 5분 분량의 영상을 보았다. 그러더니 노트에 꾹 꾹 눌러 '명확한 목표 발견하기'란 아홉 글자를 썼다. 아홉 글자의 깨달음을 전하기 위해 아빠는 이틀을 아들에게 할애했다. 이 과정에서 아빠가 아들에게 해야 하는 사랑을 배울 수 있었다.

아들이 원하는 방법으로, 아들이 알고 싶어 하는 것을 전해주는 것, 기꺼이 그것을 위해 마음과 에너지를 내는 것이 사랑이다. 아들이 "고마워요, 아빠!" 하며 나를 안아주는 순간 이틀의 고생이 눈 녹듯 사라졌다.

"내 말 무슨 말인지 알지?"

표현할 수 없다면 안 것이 아니다

대학원에 다닐 때 입만 열면 "너, 내 말 무슨 말인지 알지?" 하고 말하는 선배가 있었다. 우리 후배들 가운데 그 선배가 무슨 말을 하는지 아는 사람은 아무도 없었다. 선배의 시퍼런 서슬에 눌려 안다고는 대답했지만 다들 속은 미숫가루 먹고 체한 듯, 고구마 열 개 먹고 물 못 마신 듯 답답했다.

선배가 생각했던 대로 일이 되어 있지 않으면 레퍼토리처럼 나오는 말이 있었다. "너, 내가 지금 왜 화내는지 알지?" 우리는 그 말은 정확히 알아들었다. 자기 뜻대로 일이 되지 않았다는 말이었다. 우리는 그 선배를 지금도 '무슨말인지선배'라고 부른다.

"알긴 아는데 딱 꼬집어 말할 수가 없네. 근데 내 말 무슨 말인지는 알지?"

"아, 이걸 뭐라고 말해야 할까. 아, 입이 간질간질한데 적당한 단어가 떠오르지 않네!"

이런 말을 가끔 하고 듣기도 한다. 언어학에서는 이를 말이 나올 듯 말 듯 혀끝에서 맴돈다고 하여 설단(舌端) 현상이라고 부른다. 우리가 학교에서 그리고 학교를 졸업한 후 인생의 터에서 하는 공부란 사실 비언어적 지식을 언어적 지식으로 언어화하는 것이다. 고등동물인 인간이 가진 정신적 능력을 대표하는 두 가지가 구분하고 언어화하는 능력이다.

구분이란 환자를 진단하고 수술이 필요한지 시술이 필요한지를 아는 것처럼, 세상 만물을 무엇과 무엇으로 나누는 것이다. 남자와 여자, 육체노동자와 정신노동자와 감정노동자처럼 분류하고 범주화하는 것이다. 구분을 통해 우리는 복잡한 세상을 일목요연하게 이해하고 대처할 수 있게 된다. 수술이 필요한 환자라고 구분하면 수술을 하고, 시술이 필요하다면 시술을 하는 것이다.

언어화란 수술이 무엇인지 설명하는 것이다. 시술이 수술과 어떻게 다른지 설명하는 것이다. 구분보다 더 어려운 것이 언어화다. 이를 사람들은 개념화라고도 한다. 이게 무엇인지 정의를 내리는 것이다. 사실 이게 가장 어렵다. 그러나 무엇이라고 말하기 전에는 그 사물과 현상은 아직 세상의 것이며 나의 것이 아니다. 내가 그 이름을 불러줄 때 그 사물과 현상은 나에게 다가와 꽃도 되고 새도 되고 섭섭함도 되고 서러움도 된다.

특히 내 마음속에서 일어나는 미묘한 흐름을 언어로 표현하는 것은 정말 많은 에너지와 사색을 필요로 한다. 감정에 이르면 더 힘들다. 내가 평생 하는 일도 따지고 보면 눈에 보이지 않는 감정, 마음의 흐름을 언어화하는 작업이다. 그런데 언어화된 지식은 영원히 나의 지적 재산이 된다. 그리고 이제 세상을 언어화된 지식의 렌즈로 보게 되어 새로운 차원의 세상을 살게 된다. 설단현상이 극복되는 순간에 느끼는 희열은 말로 표현하기 힘들 만큼 크다.

뭐라고 표현하지 못한 것은 제대로 아는 것이 아니다. 말로 압축하여 한마디로 표현할 수 있을 때 비로소 제대로 아는 것이다. 말이 맴돌 때마다 멈추지 말고 계속 생각을 더해가면 어느 순간 툭 이름을 붙일 수 있다. 그것이 공부다. 공부란 복잡하고 어려워 보이는 현상을 단순하고 쉽게 이름 짓는 것이다.

"네가 좋다니 나도 좋구나"

'그대 그리고 나' 대화법

듣기만 해도 마음이 좋아지는 노래가 있다. 나에게 그런 노래 중 하나가 소리새의 '그대 그리고 나'이다. 들을 때마다 끝까지 듣게 되는 노래가 있다는 건 살면서 가지는 기쁨 중 으뜸이기도 하다.

나는 이 노래를 듣다 보면 미국이 떠오르고는 한다. 미국은 개인주의로 순위를 매기면 전 세계 1위국이다. '나'가 항상 모든 것에 우선한다. 이에 비해 한국은 집단주의로 상위에 속하는 나라다. '그대'가 항상 모든 것에 우선한다. 그대가 있어야 내가 있고, 그것을 우리라고 표현한다. 만약 미국에서 이 노래를 불렀다면 '그대 그리고 나'가 아니라 '나 그리고 그대'가 되지 않았을까.

우리는 '자식과 나'가 되고 '가족과 나'가 되며 '부모와 나'가 되는 문화에 익숙하다. 그러다 보니 나 중심으로 생각하고 느끼고 말하는 어투와 말투에 낯설고 거부감을 느낀다. 나는 아무리 앞서도 그대 뒤에 와야 마음이 편한 것이 우리 문화다.

우리 말 가운데 제일 많이 쓰는 말이 '우리'다. 우리는 '울타리'에서 나온 말이다. 우리나라는 내 나라가 아니라 같은 울타리에 사는 나라다. 나는 무화되고 우리가 유화된다. 우리가 있어야 내가 있다. 가족이 있어야 내가 있다. 소속이 있어야 내가 있다.

그 모든 소속을 우리는 우리라는 말로 부른다. 나라도 이름을 '우리나라'라 부르고, 집도 우리 집, 가족도 우리 가족이라 부르며, 배우자도 우리 아내, 우리 남편이라고 부른다. 그리고 이때 우리의 내용은 '나 그리고 그대'가 아니라 어디까지나 그리고 언제까지나 '그대 그리고 나'다.

우리나라에 'I 메시지'라는 대화법이 들어와 유행한 적이 있다. 무슨 일이 일어나면 '나는'이라는 말로 시작해서 내 생각, 내 느낌, 내 바람을 상대에게 이야기하라는 것이 I 메시지다. 그런데 이 좋은 것이 좀처럼 우리나라에 뿌리내리지 못하고 있다. 언어를 업으로 하는 전문가도 막상 하려고 하니 며칠은 되는데 안 된다고 솔직하게 고백한다.

우리가 '우리나라', 즉 '그대 그리고 나'의 나라에서 살기 때문이다. 나를 앞세우면 어딘가 찜찜하고 찜찜하며 겸연쩍고 이기적인 인간이 되는 것 같다. '나는'이라고 내세우고 싶지 않은 것이다.

그래서 우리나라에 가장 어울리는 대화법은 '그대 그리고 나' 대화법이다. '네가 괴로워하니 내가 아프구나.' 이 한마디에 정이 가득한 한국인의 심성이 고스란히 온전히 다 들어 있다. '그대' 심정을 먼저 이야기하고 '내' 마음을 이야기하면 우리 마음이 모두 들어 있다. 한국 사람은 그제야 마음이 편해진다.

'고객님이 좋아하시니 저희도 기쁩니다.' 이렇게 말할 때 고객도 좋아하고 말하는 직원도 기분이 좋아진다. 미국은 '나'가 행복하면 '그대'가 행복하지 않아도 행복할 수 있지만, 우리는 '그대'가 행복해야 '나'도 행복한 사람들이다. 그래서 소리새의 '그대 그리고 나'는 우리의 가슴 밑바닥에서 심금을 울린다.

'그대 그리고 나' 대화법으로 이야기를 나누어보자. "송이야, 좋으냐? 네가 좋다니 나도 좋구나." 사극에서 송이를 좋아하는 어린 정조가 이렇게 말한다. 시청하는 우리를 미소 짓게 한 비결은 '그대 그리고 나' 대화법을 썼기 때문이다.

"줄도 모르는 게"

말 한마디에 죽고 살다

살면서 가장 얕잡아 보았던 것도 가장 대단하다고 본 것도 같은 것이었다. 말이었다. 말 한마디는 사람을 살리기도 하고 죽이기도 한다. 내 인생을 바꾼 것은 내가 들었던 말 한마디였다.

중학교 3학년 때였다. 당시에는 구미에 있는 금오공고가 인기가 많았다. 반에서 최고 성적이라야 지원할 수 있었다. 산업화시대에 구미에는 공업단지가 들어서기 시작했고 인력이 많이 부족했다. 그래서 가난한 집 아이들에게는 가고 싶은 고등학교 일순위였다. 니도 금오공고가 가고 싶었다. 그래서 여러 달 고민하다가 가기로 마음먹었다. 다행히 성적이 가능해서 부모님 허락만 받으면 원서를 넣어주겠다고 선생님이 약속해주셨다.

침을 꿀꺽 삼키고 거실에서 아버지에게 용기를 내어 말을 꺼냈다.

"아부지. 저 금오공고 갈까 해요. 가고 싶어요."

초등학교 교장선생님이었던 아버지는 거실 소파에서 신문을 보고 있다가 신문을 테이블에 탁 내리더니 나를 똑바로 쳐다보며 물으셨다.

"뭐? 어디를 간다고?"

나는 또박또박 대답했다.

"금오공고요!"

아버지는 한심한 눈으로 내려다보다가 두 손가락을 교차시켜 미간 사이에 딱밤을 딱 때리면서 말했다.

"아이고, 줄도 모르는 게!"

순간 내 눈에서 눈물이 주르르 흘러내렸다. 줄도 모른다는 말은 사투리다. 표준어로 번역하자면 '아무것도 모르는 녀석'이라는 의미다. 몇 달 동안 수없이 고민한 나는 순식간에 줄도 모르고 아무것도 모르는 철없는 아이가 되어버렸다. 나의 금오공고 진학의 꿈은 그 순간 물거품이 되고 말았다.

그런데 그것만 물거품이 아니란 걸 아는 데 오랜 시간이 걸리지 않았다. 나의 자존심과 자신감마저 물거품이 되어버렸다. 그 후 나는 긴 세월 동안 내가 '줄도 모르는' 사람이라고 생각하고 살았다. 무엇을 결정하려고 하면 어김없이 마음속에 아버지가 나타나 딱밤을 때리며 '줄도 모르는 게'라고 말했다. 무엇을 결정해도 아버지의 말에서 자유롭지 못했다. 혹시 내가 줄도 모르면서 엉겁결에 결정한 건 아닐까 하고 늘 뒤가 겁이 났다.

아버지의 이 말을 내가 객관적으로 보고 내 결정에 처음 자신을 가진 때가 마흔이 되고서다. 결혼을 결정하고 대학교수가 되기로 결정하고 나서야 줄도 모르는 내가 뭘 좀 아는 내가 되었다. 그것도 큰 용기를 내어 나를 직시하고 나서였다.

무려 24년을 나는 아버지의 말 한마디에 묶여 살았다. 순했던 나는 아버지의 말에 왜 그런 말을 하느냐고 묻지도 못하고 눈물만 뚝뚝 흘렸었다. 만약 그때 아버지가 차분하게 내가 왜 금오공고를 가려고 하는지 물어보고 들어보고, 아버지가 왜 금오공고가 아니라 인문계를 가야 한다고 생각하는지 들려주었더라면 기나긴 열등감과 위축감으로 세월을 보내지 않았을 것이다. '줄도 모르는 게'란 한마디는 열여섯 살에 맞은 철퇴였다.

그런데 며칠 전 교육을 갔다가 평생 잊지 못할 한마디를 들었다. '미래에 가장 되고 싶은 나'를 이야기하는 시간에 네 명이 한 조가 된 상담소 선생님들이 해준 이야기였다. 무엇이 되고 싶으냐고 물었더니 "저희는 모두 미래에 선생님처럼 되고 싶다고 의견을 모았습니다" 하는 게 아닌가. 속으로 너무 의외이고 놀라서 나도 모르게 "진짜요? 왜요?" 하고 물었다. 그러자 이유를 말해주었다.

"선생님처럼 마음이 순수하고, 무엇을 물어도 인생의 원리를 짚어주면서 상담과 강의로 돈까지 버는 그런 사람이 되고 싶습니다."

그 순간 나는 짜릿한 전기에 온몸이 감전되는 것 같았다. '선생님 같은 사람이 되고 싶다'는 한마디 말을 듣고 전혀 다른 멋진 나로 송

두리째 바뀌었다.

나는 달라진 것이 없건만 열여섯 살 소년은 '줄도 모르는 게' 한마디로 죽었고, 40년 가까이 지나 '선생님 같은 사람이 되고 싶다'는 한마디로 살아났다. 두 말은 짧았지만 나의 인생을 뒤흔들었다.

이제 이 말이 나를 몇 십 년간 살릴 것이란 예감이 든다. 누군가 나를 닮고 싶어 한다. 나는 그런 사람으로 살고 있다. 이런 마음이 이제 남은 삶 동안 나를 살게 할 것이다.

사람은 말 한마디로 죽었다가 말 한마디로 살아난다. 말이 무섭다. 세 치 혀에는 칼이 들어 있고 꽃도 들어 있다. 나에게 그리고 가까운 이에게 꽃을 주고 싶다.

나를 살리는 말들

초판 1쇄 발행 2020년 12월 31일
초판 2쇄 발행 2021년 2월 25일

지은이 이서원
펴낸이 정용수

사업총괄 장충상 본부장 윤석오
편집장 박유진 책임편집 김민기 편집 정보영
디자인 김지혜
영업·마케팅 정경민
제작 김동명 관리 윤지연

펴낸곳 ㈜예문아카이브
출판등록 2016년 8월 8일 제2016-000240호
주소 서울시 마포구 동교로18길 10 2층(서교동 465-4)
문의전화 02-2038-3372 주문전화 031-955-0550 팩스 031-955-0660
이메일 archive.rights@gmail.com 홈페이지 ymarchive.com
블로그 blog.naver.com/yeamoonsa3 인스타그램 yeamoon.arv

© 이서원, 2020
ISBN 979-11-6386-061-7 03810